गांधी बनाम भगत

एक संत, एक सैनिक

गांधी बनाम भगत
एक संत, एक सैनिक

नवीन गुलिया

प्रभात
पेपरबैक्स
www.prabhatbooks.com

प्रकाशक

प्रभात पेपरबैक्स

4/19 आसफ अली रोड, नई दिल्ली–110002

फोन : 23289777 • हेल्पलाइन नं. : 7827007777

इ–मेल : prabhatbooks@gmail.com ❖ वेब ठिकाना : www.prabhatbooks.com

संस्करण

प्रथम, 2019

मूल्य

एक सौ पचास रुपए

अ.मा.पु.स. 978-93-5322-429-5

मुद्रक

आर–टेक ऑफसेट प्रिंटर्स, दिल्ली

GANDHI BANAM BHAGAT : EK SANT, EK SAINIK

by Shri Navin Gulia

Published by **PRABHAT PAPERBACKS**

4/19 Asaf Ali Road, New Delhi-110002

ISBN 978-93-5322-429-5

₹150.00

प्रस्तावना

एक लेखक के रूप में मेरे लिए यह समझना और समझाना सर्वाधिक आवश्यक हो जाता है कि किसी पुस्तक को लिखने से पहले, उस पुस्तक को लिखने के पीछे मेरा प्रयोजन क्या है और उस पुस्तक को लिखने की आवश्यकता मुझे क्यों अनुभव हुई।

पुस्तक कभी स्वयं के लिए नहीं लिखी जाती। पुस्तक सदैव पाठक के लिए लिखी जाती है और उसमें पाठक का हित सदैव सर्वोपरि होता है। सस्ता प्रचार अथवा स्वयं का महिमामंडन उसके पीछे का प्रयोजन नहीं होना चाहिए।

"विद्या ददाति विनयम्"

मैं इस तथ्य, सत्य और सिद्धांत से पूर्णतया अवगत हूँ कि अहंकार विद्या को नष्ट कर देता है और यद्यपि एक मनुष्य के लिए यह संभव नहीं कि वह पूर्णतया अहंकारमुक्त हो सके, मेरा सदैव यही प्रयास रहता है कि मेरे लिए जितना संभव हो, उतना मैं इस सिद्धांत का अनुसरण कर सकूँ।

अतः मेरा अपनी पुस्तक के पाठकों से सविनय निवेदन है कि मैं अपने अनुसंधान, पाठन एवं चिंतन-मनन के आधार पर जिन निष्कर्षों का वर्णन इस पुस्तक में करने जा रहा हूँ, उनको मात्र मेरे विचारों के रूप में एवं ज्ञान अथवा बोध के एक पड़ाव के रूप में देखा जाए। मेरी कही बात कोई अंतिम सत्य नहीं है। अतः उसे मात्र मेरे मत के रूप में पढ़ा जाए और पाठक मुझसे भिन्न निष्कर्षों पर पहुँचने का अधिकार रखते हैं।

ज्ञान अथवा बोध की व्याख्या यही है कि वह अस्थायी और प्रगतिशील

होता है। यदि बोध स्थिर हो जाए तो वह रूढ़िवादिता एवं संकीर्णता का रूप धर लेता है।

मैं सत्य पर स्वामित्व होने का दावा कभी नहीं करता। ईश्वर सत्य है और सत्य ही ईश्वर है और मुझसे अथवा आप से बहुत बड़ा है। अतः मैं सत्य को अपने अधीन समझने की भूल कभी नहीं कर सकता। पाठक मुझसे अलग मत पर पहुँचने का अधिकार रखते हैं और मैं उनके इस अधिकार का सम्मान करता हूँ।

'गांधी बनाम भगत—एक संत, एक सैनिक', इस पुस्तक की आवश्यकता मुझे इसलिए अनुभव हुई, क्योंकि मुझे इंटरनेट एवं सोशल मीडिया के माध्यम से और जो मुझे देश-विदेश में छात्रों को संबोधित करने के लिए बुलाया जाता रहता है, उस माध्यम से, बहुत से युवाओं से वार्त्ता करने का अवसर मिला है और मैं देखता हूँ कि वर्तमान में हमारे देश में युवाओं में देशभक्ति की चाहत तो बहुत है, किंतु राजनैतिक एवं सामाजिक प्रचार के बीच वे असमंजस की स्थिति में आ जाते हैं।

कौन सही और कौन गलत ? कैसे निर्णय करें ? कोई कहता है कि गांधी सही था, कोई कहता है कि भगत सिंह का दृष्टिकोण उचित था, कोई सुभाष तो कोई नेहरू। इन विचारों के बीच या तो वे मौन धारण कर लेते हैं, या वे किसी एक पक्ष के कट्टर समर्थक बन समाज में तनाव एवं आपसी द्वेष का कारण बनते हैं।

अपने अध्ययन के प्रारंभिक वर्षों में लगभग युवावस्था आने तक मेरे मन में भी यह अंतर्द्वंद्व चलता रहता था। किंतु उसके बाद ये बादल छँट गए। मेरे लिए भारत के स्वतंत्रता संग्राम में संघर्ष करनेवाला प्रत्येक व्यक्ति उतना ही सम्मान के योग्य है, जितना कोई और। मेरा मानना है कि ऐसा ही होना भी चाहिए। इतिहास की उन महान् हस्तियों से हमें शिक्षा लेनी चाहिए और यह सोचना चाहिए कि उन लोगों ने तो अपना काम कर लिया, अब हम लोग देश के लिए क्या कर सकते हैं ? उन हस्तियों की आलोचना अथवा समर्थन करने से देश का भला नहीं होगा।

इस पुस्तक के द्वारा मेरा प्रयास रहेगा कि अपने विचारों में जो निष्पक्ष स्पष्टता मुझे प्राप्त हुई, उसे आप सबसे बाँट सकूँ। युवा इस बात का संज्ञान लें कि भारतीय स्वतंत्रता संग्राम के इन सब महान् नायकों ने भिन्न विचारधाराओं का अनुसरण करते हुए भी कभी एक-दूसरे के लिए किसी अपमानजनक अथवा आपत्तिजनक शब्द का प्रयोग नहीं किया और कोई अपमानजनक टिप्पणी नहीं की। वैचारिक मतभेद तो एक सशक्त समाज की पहचान हैं। वैचारिक मतभेद तो किसी भी मनुष्य समाज में सदैव रहेंगे। हमें देखना है कि उन वैचारिक मतभेदों के रहते हम कैसे मिलकर रह सकते हैं और अपने समाज और देश के उद्धार के लिए कार्य कर सकते हैं।

हमारे देश की युवा पीढ़ी और आनेवाली पीढ़ियों के लिए इस बात को ध्यान में रखना आवश्यक है कि हमारे देश और हमारी संस्कृति की सुंदरता यही है कि यहाँ विभिन्न विचारधाराओं को अस्तित्व में रहने का अधिकार है और यही हमारी शक्ति है। जो लोग यह सोचते थे कि एक देश में मात्र एक विचारधारा अथवा धर्म के मानने वाले लोग ही रह सकते हैं, वे लोग एक भिन्न देश के रूप में हमसे अलग हो चुके हैं और हम देख सकते हैं कि पृथकीकरण की इस संकीर्ण विचारधारा को मानने वाले उस देश की वर्तमान में क्या अवस्था है और क्या हम उनकी दयनीय अवस्था देखने के उपरांत भी पृथकीकरण का विकल्प चुनना चाहते हैं?

इस पुस्तक को लिखते समय मेरा प्रयास रहा है कि मैं किंवदंती अथवा कही-सुनी बात लिखने के बजाय, इतिहास में भरोसेमंद सूत्रों द्वारा पंजीकृत अथवा प्रमाणित किए गए तथ्यों को ही वार्त्ता का विषय बनाऊँ।

किसी भी विषय पर अपना मत बनाते समय हमारे लिए अत्याधिक आवश्यक हो जाता है कि हम उसके संदर्भ और परिप्रेक्ष्य को अवश्य देखें। बिना उचित संदर्भ और परिप्रेक्ष्य के प्रस्तुत की गई जानकारी भ्रमित कर सकती है। अत: इस पुस्तक में भी मेरा यही प्रयास रहा है कि उस समय के समाज के संदर्भ और परिप्रेक्ष्य में ही बातों को समझाया जाए।

यदि हम जानना चाहते हैं कि गांधी और भगत सिंह का जन्म किस

परिवेश में हुआ था और उस वातावरण में उन्होंने जो विकल्प चुने, वे क्यों चुने तो हमारे लिए यह आवश्यक हो जाता है कि हम भारत के स्वतंत्रता संग्राम के ऐतिहासिक परिप्रेक्ष्य और उस समय के सामाजिक परिवेश को अच्छे से समझें।

बिना परिवेश, परिप्रेक्ष्य और संदर्भ को जाने किसी निष्कर्ष पर पहुँच जाना मूर्खता होगी। उदाहरणस्वरूप यदि मैं आप से कहूँ कि राम ने रावण को मारा और किंचित् आप इन दो व्यक्तित्वों से पूर्व में परिचित न रहे हों तो आपको लगेगा कि राम कोई बुरा व्यक्ति था, जिसने रावण नामक व्यक्ति की हत्या की। किंतु यदि आप इन दोनों के व्यक्तित्व के विषय में विस्तार से पढ़ेंगे तब आपको ज्ञात होगा कि सत्य क्या है।

अतः गांधी और भगत को समझने के लिए यह आवश्यक है कि हम उन दोनों के जीवन और भारतीय स्वतंत्रता संग्राम के परिप्रेक्ष्य के विषय में विस्तार से पढ़ें। अन्यथा हम उनको वर्तमान के परिप्रेक्ष्य में देखने की गलती कर बैठेंगे।

मेरा यह भी प्रयास रहेगा कि मैं पाठकों को कुछ ऐसी जानकारी दे सकूँ और ऐसा दृष्टिकोण भी उनके समक्ष रख सकूँ, जो उन्होंने पहले पढ़ा अथवा सुना न हो। पहले से उपलब्ध जानकारी को मात्र यहाँ दोहरा देना तो एक व्यर्थ प्रयास ही होगा।

मुझे आशा है कि आप सब पाठकों को मेरा यह प्रयास, मेरी यह पुस्तक अच्छी लगेगी।

अनुक्रम

भाग-1

भारत के स्वतंत्रता संग्राम का ऐतिहासिक परिपेक्ष

1
ईस्ट इंडिया कंपनी का इतिहास (1612-1857)

मेरा एक कथन है, जिसे मैं यदा-कदा दोहराता रहता हूँ—

"जब मोहब्बत, नफरत या जुल्म एक हद को पार कर जाता है, तब बगावत होती है, तब परिवर्तन आता है।"

ईस्ट इंडिया कंपनी भारत के इतिहास में जुल्म अथवा अत्याचार की ऐसी दास्ताँ बनने वाली थी, जो आनेवाले समय में भारत के लोगों को एकता के सूत्र में पिरोने और ईस्ट इंडिया कंपनी के अत्याचार के विरुद्ध विद्रोह करने के लिए प्रेरित करनेवाली थी। ईस्ट इंडिया कंपनी के भारत आने के समय भारत छोटे-छोटे सैकड़ों राजाओं के धीन चलने वाले एक बड़े भू-भाग के रूप में ही जाना जाता था। आज जो भारत की संपूर्ण विश्व में एक विशाल और शक्तिशाली देश के रूप में पहचान है, यह उस समय नहीं थी।

वर्तमान में जिस आधुनिक एवं स्वतंत्र भारत को हम जानते हैं, इस स्वतंत्र भारत की नींव तब रख दी गई थी, जब इंग्लैंड की एक कारोबारी कंपनी 'ईस्ट इंडिया कंपनी' ने भारत में अपनी जड़ें जमाना शुरू कर दिया था। क्योंकि साम्राज्यवाद के दौर में कारोबार मात्र शोषण के आधार पर किया जाता था। कारोबार का उद्‌देश्य मात्र किसी भी उचित-अनुचित प्रकार से अपने लिए अधिक-से-अधिक धन संचय करना होता था। परोपकार अथवा लोगों का भला सोचने के लिए उसमें कोई स्थान नहीं था।

पंद्रहवीं और सोलहवीं शताब्दी में इंग्लैंड एक गरीब देश था। उस

समय की इंग्लैंड की अर्थव्यवस्था की जानकारी हमें उस समय के अंग्रेजी साहित्यकारों और उपन्यासकारों की कहानियाँ पढ़कर ज्ञात हो जाती है। पुर्तगाल, स्पेन और फ्रांस इत्यादि देश दुनिया में अपने समुद्री जहाजों को भेज कारोबार कर रहे थे और अपने साम्राज्य के विस्तार में प्रयासरत थे।

इंग्लैंड के पास तो इतना धन भी नहीं था कि वह अपने जहाज दुनिया में भेज सके। स्पेन और पुर्तगाल के जहाजों को लूटकर और कब्जे में लेकर इंग्लैंड के पास विश्व में अपने जहाज भेजने की योग्यता आई। जब 'कैरैक' और 'मादरे दे डयूस' नाम के दो पुर्तगाली जहाजों को अंग्रेज लुटेरों द्वारा लूटने के बाद कब्जे में लेकर इंग्लैंड के डार्टमाउथ बंदरगाह पर ले जाया गया, तब तक इंग्लैंडवासियों ने इतने बड़े जहाज कभी देखे भी नहीं थे और इतने बड़े जहाजों को देखकर वे अचंभित थे।

समझने की बात यह है कि ईस्ट इंडिया कंपनी अनैतिक लूट-पाट करके बनाई गई व्यवसायी कंपनी थी। अतः उससे आनेवाले समय में भारत में नैतिक व्यापार की अपेक्षा करना बेमानी होगा। इंग्लैंड के बादशाह किंग जेम्स तक भारत और दक्षिण एशिया की समृद्धि के चर्चे पहुँच चुके थे। वह भारत से व्यापार करने का इच्छुक था।

यद्यपि तब तक ईस्ट इंडिया कंपनी भारत के सूरत और मछलीपट्टम में अपने बंदरगाह बना चुकी थी, किंतु उसे पुर्तगाल और फ्रांस देश के सैन्य दलों द्वारा हमलों का खतरा बना रहता था। भारत में अपने व्यापार की सुरक्षा एवं विस्तार के लिए यह आवश्यक था कि वे उस समय के भारत के सबसे बड़े शासक नूर-उद-दीन सलीम जहाँगीर का समर्थन प्राप्त कर सकें।

इसी उद्देश्य से अंग्रेज शासक किंग जेम्स ने सर थॉमस रो नामक व्यक्ति को उस समय के मुगल शासक नूर-उद-दीन सलीम जहाँगीर से संपर्क साधने के निर्देश दिए।

(नूर-उद-दीन सलीम जहाँगीर ने 'जहाँगीर' अर्थात् 'दुनिया का स्वामी' की उपाधि को अपने नाम के साथ जोड़ लिया था और सर थॉमस रो ने 'सर' की उपाधि को अपने नाम के साथ जोड़ लिया था। मैं आगे पुस्तक

में उनका उल्लेख करते हुए इन उपाधियों का प्रयोग नहीं करूँगा, क्योंकि मैं किसी व्यक्ति के द्वारा खुद को दी गई उपाधि का सम्मान नहीं करता। मैं मात्र उन उपाधियों का सम्मान करता हूँ, जो लोगों ने किसी महापुरुष को सम्मान के रूप में दी हों। मैं आगे इन दोनों को सलीम और थॉमस रो नाम से ही संबोधित करूँगा)।

अथक प्रयासों के बाद ही थॉमस रो बादशाह सलीम से संपर्क साध सका और उसने इंग्लैंड के किंग जेम्स का लिखा पत्र, मुगल बादशाह सलीम को सौंपा। इस पत्र में ईस्ट इंडिया कंपनी को संपूर्ण भारत में अपने गोदाम और कारखाने स्थापित करने के लिए अनुमति की प्रार्थना की गई थी और इस अनुमति के बदले में बादशाह सलीम के दरबार एवं महल की रौनक बढ़ाने के लिए यूरोप से नायाब भोग-विलास की वस्तुएँ भेजने का प्रावधान था।

सलीम एक कमजोर शासक था और उसे भोग-विलास की और मदिरा पीने और अफीम खाने की आदत थी। ऐसा इतिहास में लिखा भी गया है और इस बात की पुष्टि इस बात से भी होती है कि सलीम की मोहर के जितने भी सिक्के और चित्र बरामद हुए हैं और उसके महल की दीवारों पर जहाँ भी उसका चित्रण हुआ है, वहाँ वो चित्रण सदैव मदिरा का पात्र हाथ में पकड़े हुआ है।

□

2

मुगल बादशाह सलीम द्वारा भारत का अंग्रेजों को बेचा जाना

बादशाह सलीम थॉमस रो द्वारा दिए गए प्रलोभन में आ गया और उसने ईस्ट इंडिया कंपनी को भारत में स्वतंत्र व्यापार करने की अनुमति दे दी। उसे इस बात का कतई आभास न रहा होगा और किंचित् यह संवेदना भी नहीं रही होगी कि उसका ऐसा करना, भारत देश के अंग्रेजों के अधीन आ जाने की ओर पहला कदम सिद्ध होनेवाला था। बादशाह सलीम ने उत्तरस्वरूप किंग जेम्स को थॉमस रो के हाथों एक पत्र भी पहुँचाया, जिसमें लिखा था—

"आपके शाही स्नेह का जो भरोसा मुझे दिया गया है, उसके बदले मैंने अपने अधीन सभी राज्यों को फरमान जारी कर दिया है कि अंग्रेज देश के हर आदमी को मेरे राज्य में जहाँ चाहे, वहाँ घूमने की, आने-जाने की, रहने की और व्यापार करने की आजादी होगी और किसी भी पुर्तगाली अथवा अन्य देश के सैनिकों को उन्हें परेशान नहीं करने दिया जाएगा।

मैंने अपने अधीन सभी राज्यों और सूबों को आदेश दिया है कि अंग्रेज व्यापारी अपनी इच्छा अनुसार जितना चाहें, उतना सामान यहाँ से विदेश ले जा सकते हैं। अंग्रेज व्यापारी जितनी इच्छा हो, उतने कारखाने और गोदाम भारत में स्थापित कर सकते हैं और जितना सामान विदेश ले जाना चाहें, उतना ले जा सकते हैं। उन्हें कोई रोक-टोक नहीं होगी और किसी को उन्हें परेशान करने नहीं दिया जाएगा।

आपके स्नेह और आपकी मित्रता के बदले में मैं चाहूँगा कि आप अपने व्यापारियों को आदेश दें कि वे मेरे शाही महल की शोभा बढ़ाने के लिए यूरोप से नायाब वस्तुएँ लेकर आएँ। उनके साथ आप अपने पत्र भी अवश्य भेजिएगा। आपकी खुशहाली के बारे में जानकर मुझे आनंद होगा।"—नूर-उद-दीन सलीम जहाँगीर

(मुगल बादशाह नूर-उद-दीन सलीम जहाँगीर को अंग्रेज शासक किंग जेम्स का पत्र सौंपते हुए थॉमस रो का एक काल्पनिक चित्र)

इस पत्र के द्वारा बादशाह सलीम ने मात्र अपने व्यक्तिगत लाभ के लिए ईस्ट इंडिया कंपनी को संपूर्ण भारत में फैल जाने की खुली छूट दे दी थी। इसके बाद ईस्ट इंडिया कंपनी ने अपने कारखाने और गोदाम समूचे भारतवर्ष में स्थापित करने की प्रक्रिया प्रारंभ कर दी। यद्यपि इसे भारत की गुलामी की शुरुआत कहा जा सकता है, किंतु मेरा मानना यह है कि इससे पहले भारत न तो एक देश था और न यहाँ के निवासी ही आजाद थे। किंतु अंग्रेजों के रूप में भारतीय उपमहाद्वीप नामक पृथ्वी के इस बड़े भू-भाग को एक नया अत्याचारी स्वामी मिलने वाला था, जो भारत के लोगों पर उससे पहले के सब शासकों से कहीं अधिक अत्याचार एवं शोषण करनेवाला था।

यहाँ के निवासियों पर अनेक हिंदू और मुसलिम राजा और जागीरदार शासन करते थे और उनका व्यवहार अपनी प्रजा के प्रति गुलामों वाला ही था। उन राजाओं और जागीरदारों के लिए महिलाओं को अपने हरम के लिए जबरन उठाकर ले जाना, जिसे मन करे फाँसी पर लटका देना, जबरन कर वसूल करना और अपनी प्रजा का धन लूटना एक साधारण सी बात थी।

(यह लोगों को भ्रमित करने के समान ही होगा, यदि हम किसी एक-दो शासक के द्वारा उठाए गए किसी एक आधे अच्छे कदम का उल्लेख कर यह स्थापित करने का प्रयास करें कि उस समय के हमारे देश के आम लोगों की दशा बहुत अच्छी थी।)

□

3

ईस्ट इंडिया कंपनी का विस्तार

सन् 1612 में मुगल बादशाह सलीम के समय में जब ईस्ट इंडिया कंपनी ने भारत में अपनी फैक्टरी और गोदाम स्थापित करना शुरू कर दिया था, तब उन्होंने इन कारखानों और गोदामों की सुरक्षा के लिए अपनी हथियारबंद सेना भी रखनी शुरू कर दी थी और जैसे-जैसे कंपनी का व्यवसाय फैलता गया, उनकी सेना भी बढ़ती गई। इस सेना में प्रारंभ में तो मात्र अंग्रेज सैनिक थे, किंतु फिर कंपनी ने भारतीयों को भी सैनिकों के रूप में भरती करना शुरू कर दिया और धीरे-धीरे कंपनी की इस सेना में भारतीय सैनिकों की संख्या भी बढ़ने लगी।

(ईस्ट इंडिया कंपनी में छोटे-से-छोटे अधिकारी भी मात्र अंग्रेज ही हो सकते थे। भारतीय मूल के लोग तो मात्र सिपाही के पद पर ही हो सकते थे।)

मुगल बादशाह सलीम उर्फ जहाँगीर से लेकर मुगल बादशाह औरंगजेब तक मुगल साम्राज्य बहुत शक्तिशाली था। इसलिए अंग्रेजों का कभी उनके विरुद्ध जाने का साहस नहीं हुआ। उस समय तक भारत दुनिया की सबसे बड़ी आर्थिक शक्ति था और दुनिया की एक चौथाई संपत्ति मात्र भारत देश में थी। किंतु सन् 1707 में जहाँगीर, शाहजहाँ और औरंगजेब तक मुगल साम्राज्य शक्तिशाली ही रहा, किंतु औरंगजेब की मृत्यु के बाद मुगल साम्राज्य का पतन शुरू हो गया और ईस्ट इंडिया कंपनी की ताकत बढ़ती चली गई।

(शाहजहाँ का असली नाम खुर्रम था और औरंगजेब का असली नाम मुहि–उद–दीन था। शाहजहाँ और औरंगजेब उनके द्वारा खुद को दी गई उपाधियाँ थीं।)

अंग्रेजों का शासन मात्र शोषण पर आधारित था और वे भारत के साधनों को लूट कर इंग्लैंड को समृद्ध बनाना चाहते थे। मुगलों और अन्य शासकों के बनिस्बत भारत को वे अपना देश नहीं मानते थे। अन्य शासक किंचित् कोई परोपकारी न रहे हों, किंतु वे भारत को अपना देश मानते थे। अतः अंग्रेजों की लूट के कारण भारत एक निर्धन देश बनता चला गया।

(इंग्लैंड में स्थित ऑक्सफोर्ड विश्वविद्यालय में भारत के वर्तमान राजनेता शशि थरूर ने अपने एक वक्तव्य में चुटकी लेते हुआ कहा था कि अंग्रेजों ने भारत को इतना लूटा कि 'लूट' शब्द को अब अंग्रेजी शब्द माना जाता है।)

दक्षिण भारत में मैसूर के सुल्तान हैदर अली के बेटे टीपू सुल्तान ने अंग्रेजों से 4 लड़ाइयाँ लड़ीं, जिनमें से मंगलौर की लड़ाई में अंग्रेजों की बड़ी हार हुई। टीपू सुल्तान के समय मैसूर संसार के समृद्धतम राज्यों में गिना जाने लगा था। किंतु टीपू सुल्तान के पड़ोसी हिंदू और मुसलमान शासकों ने उसके विरुद्ध लड़ाई में अंग्रेजों का साथ दिया।

सन् 1799 में हैदराबाद के निजाम ने टीपू सुल्तान के विरोध में अंग्रेजों का साथ दे दिया और इस चौथी लड़ाई में टीपू सुल्तान श्रीरंगपट्टनम के किले को बचाते हुए मारा गया। टीपू सुल्तान को भारतवासी एक शक्तिशाली और

बहादुर शासक अथवा नायक के रूप में देखते हैं कि जिसने अंग्रेज़ों को कई लड़ाइयों में धूल चटाई।

(श्रीरंगपट्टनम की लड़ाई में किले की दीवार से अंग्रेजों पर गोली चलाते टीपू सुल्तान)

किंतु टीपू सुल्तान की मृत्यु के पश्चात् दक्षिण भारत में अंग्रेजों का स्वामित्व स्थापित हो गया। इस पुस्तक को पढ़ते समय पाठक बार-बार यह बात देखेंगे कि जब भी किसी भारतीय शासक की अंग्रेजों के द्वारा हार हुई, तब किसी दूसरे भारतीय शासक अथवा शासकों ने उसके विरुद्ध अंग्रेजों का साथ दिया था। यद्यपि अंग्रेजों की 'डिवाइड एंड रूल' अथवा 'विभाजित करो और शासन करो' की नीति के लिए आलोचना होती है, किंतु मेरा मानना यह है कि इसमें दोष हमारा ही था, यदि हमारे शासक किसी प्रलोभन में आकर अंग्रेजों का साथ दे देते थे तो इसमें अंग्रेजों का क्या दोष। अंग्रेज तो आपका शत्रु था और शत्रु आपके विरुद्ध हर रणनीति को अपनाने का अधिकार रखता है और ऐसा करने को मात्र अपनी चतुरता और आपकी मूर्खता ही मानेगा।

पूर्वी भारत में सन् 1757 में प्लासी के युद्ध में ईस्ट इंडिया कंपनी की सेना के हाथों बंगाल के नवाब सिराज-उद-दौला की हार में एक बड़ा योगदान उसके सेनापति मीर जाफर का अंग्रेजों से मिल जाना था। सिराज-उद-दौला के सेनापति मीर जाफर ने चुपके से अंग्रेजों से हाथ मिला लिया और सिराज-उद-दौला को इसकी कतई खबर नहीं थी। युद्ध के मैदान में मीर जाफर अपनी सेना लेकर एक हाथ पर खड़ा था और युद्ध के मध्य में सिराजा-उद-दौला के संकेत पर उसे अंग्रेजी सेना पर धावा बोलना था। किंतु जब उसे संकेत दिया गया तो वह चुपचाप अपनी सेना के साथ अपने स्थान पर खड़ा रहा और सिराज-उद-दौला के हाथों हारती हुई अंग्रेज सेना जीत गई। यद्यपि सिराज-उद-दौला की सेना अंग्रेजों से बहुत बड़ी थी और मीर जाफर की गद्दारी के बाद भी अंग्रेजों को हरा सकती थी, किंतु उनमें से कुछ के अंग्रेजों से मिल जाने के कारण अंग्रेज जीत गए।

सन् 1764 में बक्सर की लड़ाई में मुगल सुल्तान शाह आलम की अंग्रेजों के हाथों हार हुई। अवध का नवाब शुजा-उद-दौला मुगल सुल्तान शाह आलम के पक्ष में अंग्रेजों के विरुद्ध लड़ रहा था। किंतु अपनी हार के डर से शुजा-उद-दौला मुगल सुल्तान शाह आलम की सेना को बीच लड़ाई में

छोड़कर भाग गया और इतना ही नहीं, भागते समय अवध के नवाब की सेना ने नदी पर बना पुल तोड़ दिया, जिससे मुगल सुल्तान की सेना पीछे न लौट सकी और उसे अपने हथियार अंग्रेजों को सौंप आत्मसमर्पण करना पड़ा।

(प्लासी के युद्ध में नवाब सिरज-उद-दौला की सेना की अंग्रेजों के हाथों हार के बाद गद्दार सेनापति मीर जाफर अंग्रेज सेनापति लार्ड क्लाइव का स्वागत करते हुए)

इसके अतिरिक्त मीर कासिम, जो मुगल सुल्तान शाह आलम के पक्ष में लड़ रहा था, अपने धन और सेना को समेट युद्ध के मैदान से भाग गया। मुगल सुल्तान शाह आलम की सेना अब बिल्कुल अकेली पड़ गई और उसकी हार हो गई। मुगल सुल्तान शाह आलम ने इलाहाबाद में अंग्रेजों के आगे हथियार डाल दिए और संधि कर ली। इसके पश्चात् पूर्वी और मध्य भारत में भी कंपनी का साम्राज्य स्थापित हो गया।

ध्यान देने वाली बात यह है कि शाहजहाँ और औरंगजेब के बाद जो मुगल सल्तनत कमजोर होती जा रही थी, वह बक्सर की लड़ाई के बाद तो नाममात्र की औपचारिक सल्तनत ही रह गई थी। उसका कोई प्रभाव नहीं था।

अंग्रेजों ने मात्र उन्हें औपचारिक रूप में दिल्ली में टिके रहने दिया।

ध्यान में रखनेवाली एक और बात यह है कि बक्सर की लड़ाई तक आते-आते कंपनी की सेना में अंग्रेज सैनिकों के बनस्पत हिंदुस्तानी सैनिक कई गुना अधिक थे। अंग्रेजों ने जितनी लड़ाइयाँ लड़ीं और जीतीं, वे भारतीय सिपाहियों और राजाओं की सहायता से ही जीतीं। यह तथ्य हमें अपने पहले सबसे बड़े प्रश्न पर ले आया है।

भारतीय सैनिक अंग्रेजों के अधीन क्यों काम करते थे?

इस प्रश्न का उत्तर पाने के लिए यह आवश्यक है कि उस समय के देश के राजनैतिक और सामाजिक वातावरण से संबंधित कुछ तथ्य हम समझ लें—

1. सर्वप्रथम समझने वाली बात यह है कि उस समय तक हमारा देश छोटे-छोटे साम्राज्यों में बँटा हुआ था। इन छोटे-छोटे साम्राज्यों के शासक तानाशाह थे और उनमें से अधिकतम का उद्‌देश्य मात्र ऐश-आराम अथवा भोग-विलास का जीवन व्यतीत करना था। आम जनता की इन शासकों के प्रति कोई निष्ठा नहीं थी।

(आप में से कुछ लोग तर्क-वितर्क कर सकते हैं कि ऐसा नहीं था और कुछ उदाहरण भी दे सकते होंगे कि जिसमें उस समय के किसी शासक ने अपनी प्रजा के भले के लिए कोई कदम उठाया हो, किंतु साधारणत: और देश के बड़े भू-भाग में ऐसा नहीं था। यदि शासक और प्रजा वाली व्यवस्था समाज के भले के लिए लाभदायक होती तो आज भी हमारे देश में चल रही होती। इस प्रथा को हमारा समाज बहुत पहले नकार चुका है।)

2. हमारे देश में भिन्न भाषाएँ बोली जाती थीं और इस कारणवश एक क्षेत्र के लोग, दूसरे क्षेत्र के लोगों से कटे हुए थे और अपने आप को अलग समझते थे। उस समय कोई ऐसा माध्यम नहीं था, कोई पत्रिका नहीं थी, कोई सोशल मीडिया नहीं था, जो देश के एक हिस्से की बात, दूसरे हिस्से तक पहुँचाना संभव बना सकता। इस कारण से किसी भी व्यक्ति की सोच मात्र

अपने परिवार तक या अधिक-से-अधिक अपने सीमित क्षेत्र के लोगों का भला सोचने तक ही सीमित थी। (200 वर्ष पूर्व की बात का अनुमान आप इस बात से लगा लीजिए कि मेरी स्वयं की दादी, जिनका निधन मात्र 34 वर्ष पूर्व ही हुआ था, उन्होंने तक अपने जीवन में 3 गाँव से अधिक भारत नहीं देखा था)

3. हमारे देश में उस समय कोई ऐसा नेता-नायक नहीं था, जो देश के लोगों को एक देशव्यापी सोच अथवा पहचान दे सके। हमारे देश के अधिकतर सैनिक किसान थे और वे या तो स्थानीय शासक की सेना में भरती हो जाते थे या जो सेना उसे बेहतर तनख्वाह/आय/साधन दे सके। उस सैनिक की निष्ठा मात्र उन साथियों तक सीमित थी, जिनके साथ वह युद्ध में हिस्सा लेता था।

4. हमारे देश में उस समय कोई देशव्यापी शिक्षा संस्था अथवा शिक्षा प्रणाली नहीं थी, अतः देश के लोगों को मात्र अपनी स्थानीय भाषा ही बोलनी आती थी और उन्हें मात्र अपने क्षेत्र के स्थानीय मुद्दों के विषय में ही जागरूकता थी। देश के मुद्दों से वे पूर्णतया अनभिज्ञ थे।

इन्हीं कारणों के होते बहुत से सैनिकों ने ईस्ट इंडिया कंपनी में भरती होने का विकल्प चुना। वह उन गरीब किसानों और मजदूरों के लिए अतिरिक्त आय पाने का एक साधन मात्र था। ऐसा करने के लिए उनके प्रति हीन-भावना रखना कि उन्होंने अंग्रेजों के अधीन नौकरी क्यों की, उचित नहीं होगा। वे हमारे देशवासी ही थे।

□

4

सन् 1857 की बगावत के कारण

अब हमारा अगला स्वाभाविक प्रश्न यह होगा कि यदि भारतीय सैनिकों ने कंपनी की फौज में जाना मात्र नौकरी पाने के लिए स्वीकारा था तो फिर उन्होंने बगावत क्यों की?

1. कंपनी की सेना एक कारोबारी सेना थी। कंपनी यह कतई नहीं चाहती थी कि स्थानीय सैनिकों को सेना में कोई भी ऊँचा पद दिया जाए। इससे पहले तक मुसलिम शासकों की सेना में सेनापति पद तक भी हिंदू सैनिक होते थे और हिंदू एवं सिख शासकों की सेनाओं में सेनापति पद तक भी मुसलिम सैनिक होते थे।

(हिंदू, मुसलिम और सिख शासक भारत को अपना देश मानते थे, क्योंकि उनका परिवार और घर भारत में ही था और उनके पूर्वज इसी मिट्टी में दफन हुए थे। पहला मुगल शासक बाबर अफगानिस्तान से लगाव रखता था, क्योंकि वह स्वयं वहाँ से आया था। उसकी कब्र भी अफगानिस्तान में ही है। किंतु हुमायूँ से लेकर अंतिम मुगल शासक बहादुर शाह जफर तक अधिकतम मुगलों की माँ हिंदू थी और वे यहाँ की संस्कृति में ही पले-बढ़े थे।)

कंपनी ने ऐसा कतई नहीं किया। कंपनी की सेना में तो छोटे-छोटे अधिकारी भी मात्र अंग्रेज ही हो सकते थे। कंपनी भारत को अपना देश नहीं

समझती थी। कंपनी की यह पॉलिसी स्थानीय सैनिकों में हीन-भावना और विद्रोह का पहला कारण बनी।

2. अधिकतर छोटे-छोटे अंग्रेज अधिकारी भी अपने नीचे काम कर रहे हिंदुस्तानी सैनिकों के साथ दुर्व्यवहार करते थे और उन्हें अपने से नीचा और हीन समझते थे। अंग्रेज अधिकारी अश्वेत भारतीय सैनिकों के साथ दास-दासियों वाला व्यवहार करते थे। इसका कारण उस समय के अंग्रेजों में जिनकी गोरी चमड़ी नहीं थी, अश्वेत भारतीयों के प्रति रंगभेद की भावना थी। रंगभेद विश्व में लंबे समय से एक सामाजिक कुरीति रही है और उस समय के अंग्रेजों में यह कुरीति अपने चरम पर थी। (गोरे काले में भेद तो भारतीय भी करते हैं, किंतु उतना नहीं जो अंग्रेजों में था) यह भेद-भाव स्थानीय सैनिकों में हीन-भावना और विद्रोह का दूसरा कारण बना।

3. सन् 1772 में अंग्रेज सरकार द्वारा वारेन हेस्टिंग्स को भारत का पहला गवर्नर जनरल बनाया गया और हेस्टिंग्स ने कंपनी की सेनाओं का तीव्र गति से विस्तार करना आरंभ कर दिया। इसमें बड़ी संख्या में स्थानीय सैनिकों को भरती किया गया, क्योंकि इंग्लैंड की तो जनसंख्या ही भारत के बिनस्बद बहुत कम थी और अंग्रेजों का शासन विश्व के अधिकतर देशों में था।

इन भरती हुए भारतीय सैनिकों में से बहुत से सैनिक वे भी थे, जिन्होंने पलासी, बक्सर और अवध की लड़ाई में ईस्ट इंडिया कंपनी की अंग्रेज सेना के विरुद्ध लड़ाई लड़ी थी और इस कारणवश उनमें अंग्रेजों के प्रति घृणा अथवा शत्रुता का भाव रहा होगा। उस पर अब वहीं उन्हीं अंग्रेजों के नीचे उन्हें और अन्य स्थानीय सैनिकों को दूसरे दर्जे के सैनिक बनकर रहना पड़ रहा था और उनकी संख्या जो पहले अंग्रेजों के बनिस्बत 6 गुना थी, अब और कई गुना हो गई थी। इतनी बड़ी संख्या में भारतीय सैनिक चंद अंग्रेजों के नीचे दूसरे दर्जे के सैनिक बनकर सेवा करने को लेकर खुश नहीं थे।

4. ईस्ट इंडिया कंपनी एक कारोबारी कंपनी थी, उसकी पॉलिसी मात्र भारत के साधनों और संपदा को लूट कर विलायत ले जाने की थी। सूखा पड़ने पर भी वे लोगों का कर माफ नहीं करते थे। भारतीय शासक बेशक

उतने परोपकारी न रहे हों, किंतु कम-से-कम वे आम लोगों के प्रति थोड़ी संवेदना अवश्य रखते थे। इससे स्थानीय लोगों में धीरे-धीरे कर कंपनी के प्रति निराशा और क्रोध का भाव बढ़ता जा रहा था और अधिकतर सैनिक इन्हीं पीड़ित स्थानीय परिवारों से आते थे।

मुगल साम्राज्य के शासक भारत को अपना घर मानते थे, उनका जन्म भी भारत में हुआ था और मृत्यु भी। वे कभी भारत की संपदा को लूट कर बाहर नहीं ले गए। मुगल साम्राज्य के समय पूरे विश्व की एक चौथाई अथवा पच्चीस प्रतिशत धन संपत्ति भारत में थी। इसके बनिस्बत अंग्रेजों ने भारत को इतना लूटा कि उनके जाने के समय तक भारत में मात्र दुनिया की 2 प्रतिशत संपत्ति ही रह गई थी। अंग्रेजों का यह अत्याचार और भारतीय समाज की बढ़ती गरीबी भी उनके ईस्ट इंडिया कंपनी के विरुद्ध विद्रोह कर देने का कारण बनी।

5. ईस्ट इंडिया कंपनी अपने स्थानीय सैनिकों से भेद करते समय यह नहीं देखती थी कि वह सैनिक बंगाल का है, बंबई का है या मद्रास का है, हिंदू है या मुसलमान है। वह सब सैनिकों के साथ बुरा व्यवहार ही करती थी। सब स्थानीय सैनिक एक ही भेद-भाव और अन्याय का शिकार थे। अतः उनमें एक राष्ट्रीय सोच जन्म लेने लगी और उन सब को यह समझ में आने लगा कि उनका शत्रु एक ही है। एक शत्रु होने के कारण वे भी एक हो गए।

6. कंपनी अपनी भरती के समय सैनिकों में जात-पाँत का भेद-भाव करती थी। बंगाल में तथाकथित 'ऊँची' जाति के सैनिकों को भरती करती थी और बंबई और मद्रास में तथाकथित निम्न वर्ग के सैनिकों को। इससे भी समाज के एक बड़े वर्ग में कंपनी के प्रति आक्रोश बढ़ रहा था।

(मैं किसी जाति को ऊँचा या नीचा नहीं मानता और जात-पाँत के आधार पर भेद-भाव नहीं करता हूँ, अतः जात-पाँत का विषय उठाते समय मैंने 'तथाकथित' शब्द का प्रयोग किया है)

7. क्योंकि कंपनी एक राजनैतिक दल नहीं थी, उसमें अपनी नीति बनाते समय राजनैतिक सूझ-बूझ का अभाव था। वह निरंतर बड़े तबकों/वर्गों

को अपने विरुद्ध करती जा रही थी। स्थानीय स्वाभिमानी शासकों जैसे नाना साहिब और झाँसी की रानी को भी उसने अपनी 'डॉक्ट्रिन ऑफ लैप्स' की नीति के कारण अपने विरुद्ध कर लिया था।

('डॉक्ट्रिन ऑफ लैप्स' का अर्थ था कि जिस भी स्थानीय शासक का अपना पुत्र नहीं होगा, उस राज्य को ईस्ट इंडिया कंपनी अपने अधीन ले लेगी। क्योंकि झाँसी की रानी का अपना पुत्र नहीं था, उन्होंने एक दत्तक पुत्र को अपना लिया, किंतु अंग्रेजों ने इसे अस्वीकार कर दिया और झाँसी की रानी ने अंग्रेजों के विरुद्ध युद्ध की घोषणा कर दी। उनका कथन "मैं अपनी झाँसी कभी नहीं दूँगी" आज भी देश के बच्चे-बच्चे की जबान पर है।)

8. इनफील्ड राइफल नामक बंदूक के कारतूसों में गाय की और सूअर की चर्बी होने की बात ने हिंदू और मुसलमान सैनिकों में आक्रोश भर दिया। हिंदू गाय के मांस को हाथ नहीं लगा सकते थे और मुसलमान सूअर के। इसके बाद बड़ी संख्या में ईसाई पादरियों के भारत में आने से हिंदू और मुसलमान सैनिकों में यह बात घर कर गई थी कि अंग्रेज उनका धर्म भ्रष्ट कर उन्हें ईसाई बनाना चाहते हैं।

अपने धर्म पर आए इस संकट के आभास ने उनमें आक्रोश और विरोध का भाव भर दिया था। बाद में अंग्रेजों ने इस क्रोध को भाँप कर उन कारतूसों का प्रयोग रोक दिया। कंपनी के कारतूसों के उपयोग को हटा देने से भारतीय मूल के सिपाहियों का विश्वास और भी बढ़ गया कि शायद गाय और सूअर की चर्बी वाली बात सही ही थी, इसीलिए उन्हें हटाया गया है।

9. अंत में कुछ तत्कालीन कारण भी रहे, जैसे मंगल पांडे और ईश्वरी प्रसाद को सब सैनिकों के सामने फाँसी देना। जबकि उन दोनों ने किसी की हत्या भी नहीं की थी। यद्यपि अंग्रेजों ने मंगल पांडे और ईश्वरी प्रसाद को सब सैनिकों के सामने फाँसी देने का निर्णय बाकी सैनिकों को विरोध के अंजाम से डराने के लिए किया होगा, किंतु अपने साथियों को अपने सामने फाँसी दिए जाते हुए देखना किसी भी सैनिक में विद्रोह की भावना जगा सकता है। सैनिकों में अपने साथियों के प्रति अत्यधिक निष्ठा और स्नेह का भाव होता

है, क्योंकि उन्होंने इतनी कठिनाइयों और खतरनाक परिस्थितियों का साथ मिलकर सामना किया होता है।

सन् 1857 की बगावत के बारे में पाठक अन्य सूत्रों और पुस्तकों से विस्तार से जान सकते हैं। मैंने यहाँ मात्र उतना बताया है, जिससे हम यह जान सकें कि कैसे उस समय देश में राष्ट्रीय पहचान (national identity) जन्म लेने लगी थी। यह जानकारी हमें बाद में आजादी की आखिरी लड़ाई और गांधी और भगत सिंह को सही तरह समझने में सहायक होगी।

□

5

सन् 1857 की बगावत की विफलता के कारण

1. सन् 1857 की बगावत के विफल होने का मुख्य कारण यही था कि यद्यपि हमारी राष्ट्रीय पहचान बनने लगी थी, किंतु वह राष्ट्रीय पहचान देश के कुछ क्षेत्रों तक सीमित थी। कंपनी की अधिकतर सेना पैदल फौज थी, जो पैदल चलने के कारण एक सीमित क्षेत्र में ही काम कर सकती थी। उसका दूसरे क्षेत्र की सेना और सैनिकों से कोई ताल-मेल नहीं था। अतः जब सन् 1857 की बगावत हुई तो बहुत से क्षेत्रों की सेनाओं ने न सिर्फ कंपनी का साथ छोड़ा, बल्कि बगावत को दबाने में भी अपना पूरा योगदान दिया। सैनिकों को अपनी सेना के प्रति निष्ठा रखने का प्रशिक्षण दिया जाता है, जिससे यदि सेना का एक हिस्सा विद्रोह कर भी दे तो भी बाकी सेना निष्ठावान ही रहती है।

2. विद्रोहियों ने अस्थायी रूप में उस समय के मुगल बादशाह 'बहादुर शाह जफर' को दिल्ली में अपना प्रतिनिधि स्थापित कर दिया था, किंतु बहादुर शाह जफर एक कमजोर शासक था, जिसके पास कोई विशेष सैन्य प्रभाव नहीं था। झाँसी की रानी और नाना साहेब के पास भी मात्र क्षेत्रीय प्रभाव ही था, राष्ट्रीय प्रभाव नहीं था। ऐसे किसी राष्ट्रीय नायक की कमी थी, जो समस्त विरोधियों का प्रतिनिधित्व कर पाता अथवा उनमें ताल-मेल बिठा पाता।

ऐसे में कंपनी की वफादार सेना ने विद्रोह को कुचलने में बहुत कठोरता और क्रूरता दिखाई। हजारों विद्रोही सैनिक अलग-अलग लड़ाइयों में शहीद

हुए, हजारों को फाँसी पर टाँग दिया गया और हजारों को तोप के मुँह पर बाँध कर तोप से उड़ा दिया गया। उस समय तक विश्व में जब भी किसी सेना में हथियारबंद विद्रोह होता था, तब उसे ऐसे क्रूरता से ही दबाया जाता था।

(सन् 1857 की बगावत को कुचल देने के बाद अंग्रेज सेना ने हजारों हिंदुस्तानी बागियों को तोप के मुँह पर बाँध कर उड़ा दिया)

पाठक यह ध्यान में रखें कि सन् 1857 की लड़ाई में दोनों पक्ष में लड़ने वाले अधिकतर सैनिक हमारे ही देशवासी थे। उनमें से किसी एक पक्ष के बारे में गलत धारणा बनाना उचित नहीं होगा। अपितु हमें यह समझना चाहिए कि हमें आपस में लड़ने के बजाय अपने देश की प्रगति में मिल-जुलकर योगदान देना चाहिए।

सन् 1857 के विद्रोह के दो प्रमुख परिणाम—

1. देश में एक देशव्यापी सोच और राष्ट्रीय पहचान का सृजन होना— ईस्ट इंडिया कंपनी के संपूर्ण भारत पर शासन और अत्याचार करने के कारण अब धीरे-धीरे समूचा भारत स्वयं को एक देश समझने लगा था। भारत के लोग अपने विरोधाभास के बनिस्बत अपनी समानताओं को देखने लगे थे।

आधुनिक युग का भारत अपने जन्म की ओर बढ़ने लगा था।

2. ईस्ट इंडिया कंपनी से अंग्रेजी साम्राज्य को सत्ता का स्थानांतरण—इंग्लैंड में सन् 1857 की बगावत को ईस्ट इंडिया कंपनी की भारत में प्रशासनिक विफलता के रूप में देखा गया और अंग्रेज सरकार ने ईस्ट इंडिया कंपनी से भारत के प्रशासन को चलाने का अधिकार छीन लिया।

ईस्ट इंडिया कंपनी का अंत और अंग्रेजी साम्राज्य की स्थापना

अब अंग्रेजी साम्राज्य को यह समझ में आ गया था कि कंपनी भारत में उनके साम्राज्य के अस्तित्व को स्थापित रखने में असमर्थ है, अतः साम्राज्य की बागडोर अपने हाथ में ले लेनी चाहिए।

इसी विचार के अंतर्गत अंग्रेजी साम्राज्य ने कारोबारी कंपनी 'ईस्ट इंडिया कंपनी' से भारत की सत्ता के संचालन का अधिकार छीन लिया और भारत अंग्रेजी साम्राज्य की एक कॉलोनी बन गया। अब भारत में अंग्रेजों की सरकार थी और यहाँ के प्रशासनिक निर्णय इंग्लैंड की संसद् में लिये जाने लगे।

सन् 1857 के बाद जनसाधारण में फैले आक्रोश को कम करने के लिए ब्रिटेन की महारानी (जो औपचारिक रूप से ब्रिटेन पर शासन करती थी) ने घोषणा की कि अब भारतीय नागरिकों को अंग्रेज नागरिकों के समानांतर अधिकार दिए जाएँगे। उनके ऐसा कहने से भारतीयों की जमीनी हालत में तो कोई सुधार नहीं आया, किंतु ब्रिटेन की महारानी के ऐसा कहने से आनेवाले समय में ऐसा न होने पर भारतीय सामाजिक कार्यकर्ताओं को महारानी की घोषणा का उल्लेख करने और अपना विरोध जताने का अधिकार मिल गया।

जैसे-जैसे भारत में ऐसे शिक्षाविदों की संख्या बढ़ने लगी, जिन्होंने अंग्रेजी माध्यम से शिक्षा प्राप्त की थी, विशेषतः जिन्होंने कलकत्ता यूनिवर्सिटी से शिक्षा प्राप्त की थी, वैसे-वैसे समाज में एक ऐसा जनसमूह बनने लगा, जो अंग्रेजों से अंग्रेजी में बात कर सकता था और अपनी शिकायतें और अपने समान अधिकारों की माँग अंग्रेजी संसद् तक पहुँचा सकता था।

क्योंकि इंग्लैंड अब वो पहले वाला गरीब देश नहीं था, बल्कि संसार

का सबसे बड़ा और शक्तिशाली देश बन चुका था। कहा जाता था कि अंग्रेजी साम्राज्य में सूर्य कभी अस्त नहीं होता।

(क्योंकि अंग्रेजी साम्राज्य समूची पृथ्वी पर फैला था, स्वाभाविक सी बात है कि उसके किसी-न-किसी हिस्से में सूर्य अवश्य जगमगा रहा होता था।)

अब इंग्लैंड को सेना से नहीं, बल्कि सोच से हराया जा सकता था और सोच का एकमात्र मार्ग था 'शिक्षा एवं चिंतन'।

□

6

इंडियन नेशनल कांग्रेस की स्थापना

सन् 1885 में 'एलन ओक्टावियन ह्यूम' नाम के एक सेवानिवृत्त अंग्रेज प्रशासनिक अधिकारी ने 'इंडियन नेशनल कांग्रेस' की स्थापना की। उसका विचार था कि इस मंच पर ऐसे सब शिक्षाविदों को लाया जाए, जिन्होंने अंग्रेजी माध्यम से शिक्षा प्राप्त की थी और उनके साथ मिलकर भारत में भारतीयों को समान अधिकार दिलवाने का एक प्रयास शुरू किया जाए।

(ध्यान देने वाली बात है कि भारत के स्वतंत्रता संग्राम का आरंभ भी एक अंग्रेज द्वारा ही किया गया। उस समय के इंग्लैंड के समाज में बहुत से लोग भारत से प्रेम भी करते थे और भारत में अंग्रेजों के साम्राज्य को अनुचित भी समझते थे। द्वितीय विश्वयुद्ध तक विश्व में दूसरे देशों को और क्षेत्रों को हथियार के दम पर हथिया लेने को अनुचित नहीं समझा जाता था, बल्कि बहादुरी का सूचक समझा जाता था। जिन हिंदू और मुसलमान शासकों ने भारत पर राज किया था, उन्होंने भी हथियार के दम पर ही अपना शासन स्थापित किया था, कोई शांति से नहीं किया था। आधुनिक विश्व में न तो इसकी अनुमति किसी देश को है और न संभावना।

मुझे याद आता है कि मेरे एक विद्यालय में संबोधन के समय एक छात्र ने मुझसे पूछ लिया—

"सर, अंग्रेजों ने हमारे देश के लोगों के साथ इतना बुरा किया है, हम उनसे इस अन्याय का बदला कैसे ले सकते हैं?"

मैंने उत्तर दिया—

"आज के अंग्रेजों ने आपका कोई बुरा नहीं किया है। अंग्रेजों में बहुत अच्छे लोग भी हैं और यहाँ तक कि उनमें अच्छे लोगों की संख्या बहुत अधिक है। क्योंकि इतिहास में कुछ गलत हुआ था, इसका अर्थ यह कतई नहीं है कि हम आज किसी समुदाय अथवा देश के लोगों के लिए अपने मन में उनके प्रति द्वेष की भावना रखें। हमें इतिहास से सीख लेनी चाहिए और अपने देश की रक्षा अवश्य करनी चाहिए, किंतु क्रोध विनाश का मूल है, यह भी हमें याद रखना चाहिए।"

याद रखनेवाली बात यह है कि हमें इतिहास से शिक्षा लेनी चाहिए, ताकि हम आगे वे गलतियाँ न दोहराएँ, किंतु हमें इतिहास से क्रोध और द्वेष कभी नहीं लेना चाहिए। जो देश इतिहास में हुए किसी अन्याय के नाम पर अपने युवाओं को भड़काते हैं, वे देश अपने युवाओं के लिए आतंकवाद और हिंसा का रास्ता खोल देते हैं और ऐसा करने से उनका खुद का देश ही बरबाद होता है।

(सन् 1885 में स्थापित की गई 'इंडियन नेशनल कांग्रेस' के पहले अधिवेशन में भाग ले रहे सदस्यों की तसवीर। चित्र के ठीक बीच में आप इंडियन नेशनल कांग्रेस के संस्थापक एलन ओक्टावियन ह्यूम को संस्था के प्रथम अध्यक्ष वोमेशचंद्र बनर्जी के साथ बैठे देख सकते हैं।)

अंग्रेजी सरकार ने एलन ओक्टावियन ह्यूम के इस प्रयास का समर्थन किया, क्योंकि अंग्रेजी सरकार भारत में अपनी सरकार का एक न्यायोचित चेहरा प्रस्तुत करना चाहती थी। सन् 1857 के संग्राम के बाद भारत में बने रहने के लिए अंग्रेज सरकार के लिए यह आवश्यक हो गया था कि अंग्रेज सरकार भारत के लोगों के सामने अपना एक अच्छा चेहरा प्रस्तुत करें। किंतु भारतीय समाज के इस अंग्रेजी में शिक्षित एवं जागरूक वर्ग के एक मंच पर आ जाने से उनमें भारतीयों के लिए समान मानवीय अधिकारों की माँग जोर पकड़ने लगी।

(यहाँ यह स्पष्ट कर देना अति आवश्यक है कि मेरे यह कहने का मतलब मेरा अंग्रेजी भाषा का समर्थन या अंग्रेजी में शिक्षित वर्ग को हिंदी अथवा किसी और भाषा में शिक्षित वर्ग से बेहतर बताना कतई नहीं है। अपितु मेरा उद्देश्य यह बताना है कि उस समय देश और दुनिया की जानकारी प्राप्त करने के लिए अंग्रेजी भाषा एकमात्र माध्यम थी।

अंग्रेजी के माध्यम से देश और दुनिया की पत्रिकाएँ और पुस्तकें पढ़कर व्यक्ति विश्व स्तर पर जागरूक हो सकता था। अंग्रेजी संसद् में क्या हो रहा है, दुनिया में कहाँ-कहाँ और कौन-कौन सी स्वतंत्रता की लड़ाइयाँ चल रही हैं, यह सब उनके लिए जान पाना आसान था और वे अंग्रेजों से बात कर उनके समक्ष अपनी माँगें एवं शिकायतें रख सकते थे।

(इंडियन नेशनल कांग्रेस के संस्थापक एलन ओक्टावियन ह्यूम (बाएँ) और इंडियन नेशनल कांग्रेस के पहले अध्यक्ष वोमेश चंद्र बनर्जी (दाएँ))

अंग्रेजी सरकार ने इंडियन नेशनल कांग्रेस की स्थापना को मंजूरी अवश्य दे दी थी, किंतु वह भारतीयों को अधिक अधिकार देने में बहुत संकोच कर रही थी। अंग्रेजी सरकार भारतीयों को जल्द अधिक अधिकार देने के पक्ष में नहीं थी और उसका यही व्यवहार आनेवाले समय में भारतीयों के पूर्ण स्वराज की माँग का कारण बना। यदि अंग्रेजी सरकार भारतीयों को समान अधिकार दे देती तो पूर्ण स्वराज की माँग कदाचित् नहीं आती।

इंडियन नेशनल कांग्रेस के प्राथमिक वर्षों में कुछ प्रमुख मुसलमान लीडरों, जैसे—अलीगढ़ यूनिवर्सिटी के संस्थापक सर सय्यद अहमद खान, जो एक महान् समाजसेवी के रूप में जाने जाते थे, ने अपने आप को कांग्रेस से इसलिए दूर रखा; क्योंकि कांग्रेस में अधिकतम हिंदू लीडर थे और उन्हें लगता था कि कांग्रेस मुसलमानों का प्रतिनिधित्व नहीं करती।

(सर सय्यद अहमद खान ने घर-घर जाकर चंदा इकट्ठा किया और अलीगढ़ मुसलिम यूनिवर्सिटी की स्थापना की, जहाँ उस समय के बहुत से साधारण परिवारों से आनेवाले हिंदू और मुसलिम छात्र आधुनिक शिक्षा ग्रहण कर सकते थे। अलीगढ़ मुसलिम यूनिवर्सिटी के छात्रों एवं शिक्षकों में दोनों समुदायों के लोग थे।)

वहीं बहुत से प्रमुख हिंदू लीडरों ने अपने आप को कांग्रेस से दूर इसलिए रखा, क्योंकि उनका मानना यह था कि कांग्रेस के लीडरों को हमारी सभ्यता और संस्कृति के अंग्रेजी सभ्यता से दूषित होने की चिंता नहीं थी और उनका यह भी मानना था कि क्योंकि कांग्रेस के लीडर स्वयं अंग्रेजी भाषा और सभ्यता में पले-बढ़े थे, इसलिए वे अंग्रेजी संस्कृति और सभ्यता को बढ़ावा दे रहे थे।

भारत की आम जनता भी कांग्रेस के साथ नहीं थी, क्योंकि उन्हें लगता था कि कांग्रेस में भारत के सीमित समृद्ध समाज के वर्ग से चुने गए लोग ही हैं, अत: कांग्रेस गरीब और दबे-कुचले भारतीयों का प्रतिनिधित्व नहीं करती और कांग्रेस ने प्रारंभिक वर्षों में भारत के गरीब लोगों के मुद्दों को उठाया भी नहीं था।

इससे हमें पता चलता है कि प्रारंभ में इंडियन नेशनल कांग्रेस को न तो भारतीयों का अधिक समर्थन प्राप्त था और न अंग्रेजों का। (कांग्रेस को बड़ी संख्या में जनसाधारण का समर्थन महात्मा गांधी के आने के बाद ही मिलने वाला था।)

□

7

कांग्रेस में राष्ट्रवाद का जन्म

कांग्रेस में क्योंकि एक ऐसे पढ़े-लिखे लोगों का वर्ग था, जो राष्ट्रीय एवं अंतरराष्ट्रीय परिप्रेक्ष्य की जानकारी रखता था, इसलिए उनमें यह विचार जोर पकड़ने लगा कि यदि उन्हें समानता स्थापित करने के लिए ही बनाया गया है तो उन्हें वोट अथवा मत डालने का अधिकार होना चाहिए और उन्हें न सिर्फ भारत, अपितु इंग्लैंड में भी अपने प्रतिनिधि चुनकर भेजने का अधिकार होना चाहिए; क्योंकि वे अंग्रेजी साम्राज्य का हिस्सा थे। ऐसा करने पर ही समानता की बात की जा सकती है।

इस समय तक कांग्रेस अंग्रेजी साम्राज्य के नीचे रहकर ही भारत को समान अधिकार के सिद्धांत पर चलाना चाहती थी।

इस प्रयास में उन्हें बड़ी सफलता तब मिली, जब दादाभाई नौरोजी को अंग्रेजी संसद् में चुना गया और अंग्रेजी संसद् में चुने जानेवाले वे पहले भारतीय बने। ध्यान में रखनेवाली बात यह है कि उनकी इस सफलता में मोहम्मद अली जिन्ना ने छात्र कार्यकर्ता के रूप में एक बड़ा योगदान दिया था।

मोहम्मद अली जिन्ना का अंत तक भी यह विचार रहा कि अंग्रेजों के साथ मिलकर अधिकारों की लड़ाई लड़ी जाए। इसलिए आजादी की लड़ाई में जिन्ना को कभी गिरफ्तार नहीं किया गया, क्योंकि वो अंग्रेजों के विरोधी नहीं थे। मैंने मोहम्मद अली जिन्ना का उल्लेख यहाँ इसलिए किया है, क्योंकि आनेवाले समय में उनके मत और मत परिवर्तन के कारणों को समझना हमारे लिए आवश्यक होगा।

(इंडियन नेशनल कांग्रेस की प्रथम महिला अध्यक्ष एनी बेसेंट (बाएँ), इंडियन नेशनल कांग्रेस के प्रमुख सदस्य गोपाल कृष्ण गोखले (बीच), जिन्होंने गांधी को दक्षिण अफ्रीका छोड़ भारत आने का निमंत्रण दिया और दाएँ ओर अंग्रेजी संसद् में चुने जानेवाले पहले भारतीय दादाभाई नौरोजी)

कांग्रेस के सदस्यों में स्वराज की बात उठाने वाले प्रथम नायक बाल गंगाधर तिलक थे। तिलक का मानना था कि मात्र समान अधिकार पा लेने से कुछ नहीं होगा, क्योंकि अंग्रेजों द्वारा भारतीय संस्कृति को नष्ट किया जा रहा था और भारतीय इतिहास की व्याख्या में भारतीयों को हीन-भावना से ग्रस्त करने का प्रयास किया जा रहा था। इस विचार पर उनका समर्थन करनेवाले अन्य कांग्रेसी लीडर थे—बिपिन चंद्र पाल, लाला लाजपत राय, अरविंदो घोष और चिदंबरम पिल्लई। ये नेता उस समय के भारत के 4 बड़े भू-भाग अर्थात् मद्रास, महाराष्ट्र, बंगाल और पंजाब का प्रतिनिधित्व करते थे।

क्योंकि उस समय तक कांग्रेस में जनसाधारण के आने का विकल्प नहीं था, अतः इन चारों को कांग्रेस में अधिक समर्थन नहीं मिला और उन्हें कांग्रेस से अस्थायी रूप से निष्कासित कर दिया गया। उनके निष्कासन के बाद भारतीय समाज से कांग्रेस का रहा-सहा समर्थन भी जाता रहा।

सन् 1906 में कुछ मुसलमान लीडरों ने 'ऑल इंडिया मुसलिम लीग' की स्थापना कर दी। उन लीडरों का मानना था कि कांग्रेस एक हिंदू बहुल मंच था और मुसलमानों के भले को सुनिश्चित करने में अयोग्य एवं असमर्थ था।

□

8

प्रथम विश्वयुद्ध और भारतीय जनता का मत परिवर्तन

सन् 1915 में यूरोप में प्रथम विश्वयुद्ध छिड़ गया और अंग्रेजी सरकार ने भारतीय सैनिकों को उनका युद्ध लड़ने के लिए यूरोप भेज दिया। अंग्रेजों को पता था कि भारतीय सैनिक नमक-परस्त और निष्ठावान होते हैं और वे अपने साथियों और रेजीमेंट के प्रति असीम निष्ठा रखते हैं।

ऐसे में अपने सैनिकों और जनता को युद्ध में मरने से बचाने के लिए उन्होंने उनकी जगह भारतीय सैनिकों को विश्व के सबसे कठिन युद्ध मैदानों में लड़ने के लिए अफ्रीका और यूरोप भेज दिया। इस युद्ध में बड़ी संख्या में भारतीय सैनिक घायल हुए और मारे गए। इससे भारतीय जनसाधारण और कांग्रेसी लीडरों में असहमति और आक्रोश का वातावरण उत्पन्न हो गया। इस युद्ध में बड़ी संख्या में भारतीय सैनिक शहीद हुए।

(प्रथम विश्वयुद्ध के 100 वर्ष उपरांत आज भी भारत के अधिकतर गाँव और कस्बों में प्रथम विश्वयुद्ध के कारण विधवा हुई महिलाएँ पाई जा सकती हैं। इससे हम अनुमान लगा सकते हैं कि कितनी बड़ी संख्या में भारतीय सैनिक प्रथम विश्वयुद्ध में मारे गए थे। मेरे स्वयं के नाना, जो स्वयं एक भूतपूर्व अंग्रेज सेना और स्वतंत्रता के पश्चात् भारतीय सेना के सैनिक थे, अपने जीवन भर इन प्रथम विश्वयुद्ध में विधवा हुई महिलाओं को सरकारी पेंशन दिलवाने के लिए प्रयासरत रहे और इसमें उन्हें बहुत सफलता

भी मिली। उनकी मृत्यु के समय तक वे अपने जिले की सब विधवाओं को पेंशन दिलवाने में सफल रहे। मैंने स्वयं उन्हें बचपन से दिन-रात इस कार्य में संलग्न देखा और अपने जीवन में उन्हें अपना आदर्श माना। अतः इस तथ्य का मैं स्वयं साक्षी हूँ।)

इस परिवेश में सन् 1916 में बाल गंगाधर तिलक और मोहम्मद अली जिन्ना के प्रयासों से कांग्रेस अपने ऐतिहासिक लखनऊ अधिवेशन में फिर से एक हो गई।

बाल गंगाधर तिलक, मोहम्मद अली जिन्ना और एनी बेसेंट ने इस अधिवेशन में अंग्रेजी सरकार से 'होमरूल' अथवा 'गृहराज' की माँग की। अर्थात् भारतीयों की भारत देश के संचालन में पूरी भागीदारी हो और ऐसा अंग्रेजी साम्राज्य का हिस्सा रहते हुए ही हो।

(एनी बेसेंट एक अंग्रेज महिला थीं, जिन्होंने भारत के स्वतंत्रता संग्राम में एक बड़ा योगदान दिया था। आगे चलकर सन् 1917 में उन्हें कांग्रेस का अध्यक्ष भी चुना गया और इंडियन नेशनल कांग्रेस की वे पहली महिला अध्यक्ष बनीं। इंडियन नेशनल कांग्रेस में हिंदू, मुसलिम, अंग्रेज, महिला, पुरुष सब थे। अतः कांग्रेस आगे चलकर भारतीय स्वतंत्रता संग्राम का मुख्य पक्ष बनी। किंतु पाठकों से यह भी निवेदन है कि उस इंडियन नेशनल कांग्रेस को आजकल की कांग्रेस पार्टी समझने की गलती न करें। मैं व्यक्तिगत रूप से किसी एक पार्टी के पक्ष में नहीं हूँ। मेरी निष्ठा मात्र अपने देश के लोगों के प्रति है।)

अब वह समय आ गया है, जब मैं अपने पाठकों को अपनी पुस्तक के दोनों प्रमुख पात्रों से परिचित करवाऊँ। क्योंकि भारत के इतिहास में यही वह समय था, जब भारत देश के स्वतंत्रता संग्राम के मंच पर इन दो महानायकों का प्रवेश हुआ।

□

भाग-2

स्वतंत्रता संग्राम–
गांधी बनाम भगत सिंह

1
मोहनदास का जन्म

वैसे तो मोहनदास का जन्म 2 अक्तूबर, सन् 1869 को गुजरात में हो चुका था, किंतु वे इंग्लैंड में बैरिस्टर की पढ़ाई कर दक्षिण अफ्रीका में (जहाँ अंग्रेजों का ही राज था) सेवारत थे। भारत के स्वतंत्रता संग्राम के मंच पर उनका जन्म होना अभी शेष था।

मोहनदास का जन्म पोरबंदर राज्य के दीवान कर्मचंद उत्तमचंद गांधी के घर पुत्र के रूप में हुआ था। वे कर्मचंद गांधी की चौथी पत्नी के तीसरे पुत्र थे।

(उस समय तक भारतीय समाज में एक से अधिक विवाह करना एक साधारण बात थी।)

वैसे तो गांधी परिवार पुश्तैनी रूप से परचून का कारोबार करता था, किंतु मोहनदास के पिता कर्मचंद और दादा उत्तमचंद गुजरात के पोरबंदर और राजकोट में दीवान के पद पर कार्य करते रहे थे।

कर्मचंद गांधी की पहली दोनों पत्नियों की मृत्यु युवावस्था में ही हो गई थी और उनकी तीसरी पत्नी से कोई बच्चा नहीं था। उन्होंने अपनी तीसरी पत्नी से अनुमति लेकर चौथा विवाह पुतलीबाई से किया। कर्मचंद और पुतलीबाई के तीन बालक हुए, दो बेटे और एक बेटी। उसमें मोहनदास सबसे छोटे थे।

(उस समय के समाज में बहुविवाह अर्थात् एक से अधिक विवाह करना एक साधारण बात थी। उस परिवेश में इसे गलत नहीं समझा जाता था।)

मोहनदास का जन्म उनके घर के तहखाने के एक बिना खिड़की के

अँधेरे कमरे में हुआ था।

(उस समय के रूढ़िवादी समाज में महिलाओं को ऐसे हाल में ही बच्चों को जन्म देना पड़ता था, क्योंकि उस समय के समाज में महिलाओं के अधिकारों और चिकित्सा एवं स्वास्थ्य सुविधाओं के प्रति जागरूकता कम थी।)

मोहनदास की बड़ी बहन रालियत बेन बताती हैं कि बचपन में मोहनदास बहुत नटखट थे और एक जगह टिककर नहीं बैठ पाते थे। उन्हें गली में घूम रहे कुत्तों के कान उमेठने में बड़ा मजा आता था। अर्थात् जब वह कुत्ता दर्द से चिल्लाता तो उन्हें बड़ा मजा आता था।

(ऐसा अमूमन बहुत से छोटे बालक कर देते हैं, जब उन्हें सही-गलत का भेद नहीं होता। जैसे किसी पशु पर पत्थर फेंक कर जोर से खिल-खिलाकर हँसना।)

रालियत बेन बताती हैं कि बालक मोहनदास माता-पिता की सेवा करनेवाले श्रवण कुमार और सत्यवादी राजा हरिश्चंद्र की कहानियों से बहुत प्रभावित हुए थे। अपनी आत्मकथा में मोहनदास ने लिखा भी है कि जब उन्हें श्रवण कुमार और सत्यवादी हरिश्चंद्र की कहानियाँ नाटक के माध्यम से देखने को मिली तो वे इन कहानियों से इतने प्रभावित हुए कि अपने आप को श्रवण कुमार और हरिश्चंद्र के रूप में देखने की कल्पना में खोए रहते। इन कहानियों ने उनके मन में सत्य और सेवा के सिद्धांतों को फलने-फूलने में और परिपक्व होने में बड़ा योगदान दिया।

(मैं स्वयं इस बात को समझ सकता हूँ, क्योंकि मेरे बचपन में मेरी माता द्वारा सुनाई गई भक्त प्रह्लाद और हिरण्यकश्यप की कथा ने मुझे बहुत प्रभावित किया था और मुझे एक अच्छा व्यक्ति बनने को प्रेरित किया था। बचपन में बच्चों को सुनाई जानेवाली कहानियों का बच्चों पर बहुत प्रभाव होता है, अतः हमारा प्रयास रहना चाहिए कि हम बच्चों को उनके बचपन से ही अनेक रोचक एवं प्रेरणात्मक कहानियाँ सुनाएँ।)

□

2

भगत सिंह का जन्म

भगत सिंह संधू का जन्म सन् 1907 में बंगा गाँव, लायलपुर में हुआ था, जो अब पाकिस्तान में है। उनका पुश्तैनी गाँव खटकड़ कलाँ, नवाँशहर, पंजाब में था। इसका नाम बाद में बदलकर शहीद भगत सिंह नगर कर दिया गया।

भगत सिंह संधू का जन्म एक जाट किसान परिवार में हुआ था।

(मैंने यहाँ भगत सिंह की जाति एवं धर्म का उल्लेख मात्र इस कारणवश किया है, ताकि पाठक उनके सामाजिक परिवेश को समझ सकें। व्यक्तिगत रूप से मैं जातिभेद अथवा धर्मभेद में विश्वास नहीं करता और मेरा मानना है कि हमें ऐसा करना भी नहीं चाहिए। किसी जाति अथवा समुदाय विशेष में जन्म होने में आपकी कोई उपलब्धि नहीं है, अत: इसके आधार पर अहंकारी होना अथवा भेद-भाव करना अनुचित है। स्वयं गांधी और भगत भी जाति और धर्म के आधार पर भेद-भाव के सख्त विरोधी थे।)

उनके पिता का नाम किशन सिंह और माता का नाम विद्यावती था। उनके पिता और चाचाओं ने 'गदर पार्टी' में भारत के स्वतंत्रता संग्राम में अपना योगदान दिया था।

(गदर पार्टी एक उग्र विचारधारा वाली पार्टी थी, जिसका रुझान साम्यवादी विचारधारा के प्रति था और जो लड़कर आजादी पाने की पक्षधर थी।)

भगत सिंह के बहुत से चाचा और दादा महाराजा रणजीत सिंह की सेना में भी लड़ाइयाँ लड़ चुके थे।

यद्यपि गदर पार्टी को अमरीका में स्थापित किया गया था, किंतु इसकी लड़ाई और गतिविधियाँ पंजाब में चलाई जा रही थीं और इस पार्टी के प्रमुख सदस्यों में हिंदू, सिख और मुसलमान—तीनों समाज के लोग थे। यह पार्टी अंग्रेजों से लड़कर आजादी पाना चाहती थी। गदर पार्टी का झंडा भी लाल, केसरी और हरे रंग का तिरंगा झंडा था, जिस पर दो तलवारों का चिह्न बना था। लाल रंग पार्टी के कम्युनिस्ट सिद्धांतों का सूचक था, केसरी रंग हिंदू एवं सिख समाज का और हरा रंग इसलाम का।

जिस समय भगत सिंह का जन्म हुआ, संयोगवश उसी समय उनके पिता किशन सिंह और चाचा स्वर्ण सिंह, जो अंग्रेजों के विरुद्ध अपनी क्रांतिकारी गतिविधियों के कारण जेल में थे, को अंग्रेजी जेल से रिहा किया गया था। किंतु उनके जन्म के तुरंत बाद ही उनके पिता को देश से निष्कासित कर दिया गया और उनके चाचा स्वर्ण सिंह की मृत्यु जेल में मिली प्रताड़ना के कारण सन् 1910 में हो गई।

भगत सिंह के दादा अर्जुन सिंह भी एक समाज सुधारक एवं क्रांतिकारी थे। उन्होंने आर्यसमाज अपना लिया था, क्योंकि वे आर्यसमाज की समाज एवं धर्म में आ गई कुरीतियों के विरुद्ध संघर्ष के समर्थक थे। यद्यपि उन्होंने सिख धर्म त्यागा नहीं था, किंतु उस समय के उनके समुदाय में उनके आर्यसमाजी बनने का भरसक विरोध हुआ।

उस समय के समाज में अंग्रेजों की चापलूसी कर लाभ उठाने का प्रचलन आम हो गया था, किंतु अर्जुन सिंह अंग्रेजों के कट्टर विरोधी थे। उन्हें बहुत से लोगों ने समझाने का प्रयास किया कि वे अंग्रेजों से सुलह करके रहेंगे तो अधिक लाभ होगा और इस बात के लिए उन पर बहुत दबाव भी डाला गया, किंतु अपने जीवनकाल में उन्होंने अंग्रेजों का जमकर विरोध किया और उनके विरुद्ध क्रांतिकारी गतिविधियाँ चलाते रहे।

भगत सिंह के दादा अर्जुन सिंह के तीन पुत्र हुए—अजीत सिंह, किशन

सिंह और स्वर्ण सिंह। इन तीनों ने भी अंग्रेजों के विरुद्ध क्रांतिकारी गतिविधियों को जारी रखा। इसके रहते हुए ही रेगुलेशन ऐक्ट का विरोध करने के जुर्म में अजीत सिंह को गिरफ्तार कर बर्मा देश की मांडले जेल भेज दिया गया। (बर्मा देश भी उस समय अंग्रेजों की कॉलोनी ही था।) बाद में बाकी दोनों भाइयों किशन सिंह और स्वर्ण सिंह को भी जेल में डाल दिया गया। उस समय किशन सिंह की पत्नी विद्यावती गर्भवती थीं और भगत सिंह का जन्म होनेवाला था।

इन सब तथ्यों को जान हमें पता चलता है कि क्यों भगत सिंह ने आगे चलकर अंग्रेज साम्राज्य का सशस्त्र विरोध करने के विकल्प को स्वीकार किया। उनके परिवार और निकटजनों पर अंग्रेजी सरकार द्वारा किए गए अत्याचार और उनके एक क्षत्रिय समाज से होने के कारण उनके लिए सशस्त्र संग्राम को चुनना एक स्वाभाविक विकल्प था।

(बालक भगत सिंह के बचपन की एकमात्र तसवीर)

भगत सिंह के दादा अर्जुन सिंह स्वामी दयानंद सरस्वती के द्वारा चलाए जा रहे 'आर्य समाज' आंदोलन के अनुयायी थे, अतः भगत सिंह भी अपने बचपन में आर्य समाज से बहुत प्रभावित हुए थे। आर्य समाज रूढ़िवादिता और मूर्ति पूजा के विरुद्ध था और वैदिक सनातन धर्म का प्रचार करता था। शायद इसीलिए बाद में भगत सिंह भी धर्म के रूढ़िवादी स्वरूप के विरुद्ध बोलने के लिए जाने जाते थे।

(यद्यपि इस पुस्तक को लिखते समय मुझे विभिन्न धार्मिक एवं दार्शनिक विचारधाराओं का उल्लेख करना पड़ा है, किंतु मैं उन विचारधाराओं के प्रति निष्पक्ष हूँ। मेरा मानना है कि मनुष्य के इतिहास एवं विश्व को समझने के लिए हमारा निष्पक्ष होना आवश्यक है। हमारे लिए मनुष्य कल्याण सदैव सर्वोपरि होना चाहिए।)

(एक बार एक पाकिस्तानी सैन्य अधिकारी से बात करते समय, जब मैंने मित्रता का व्यवहार किया तो वे अचंभित हुए। उन्होंने कहा—

"क्या आप मुझे शत्रु नहीं मानते?"

मैंने उत्तर दिया—

"कतई नहीं, मैं आपको शत्रु नहीं मानता। किंतु कल को यदि अपने देशवासियों की रक्षा के लिए मुझे आपसे लड़ना पड़ा तो मैं पूरी निष्ठा से लड़ूँगा और मेरा मानना है कि आपको भी ऐसा ही करना चाहिए। किंतु जब तक ऐसी आवश्यकता नहीं आती, आप मेरे मित्र हैं।")

बचपन में घर के सब पुरुषों के जेल में होने के कारण भगत सिंह का अधिकतर लालन-पालन उनकी माँ और चाचियों ने किया। कभी वे अपनी चाचियों को रोते हुए देखते तो कहते—

"चची आप रोवो मत, जब मैं बड़ा होऊँगा तो सब अंग्रेजों को मार-मार कर देश से निकाल दूँगा।"

पाठक इस परिवेश की कल्पना करें, जो आज से लगभग 120 वर्ष पूर्व पंजाब के एक छोटे से गाँव का परिवेश था, जिसमें भगत सिंह का जन्म और लालन-पालन हुआ।

दुर्भाग्यवश भगत सिंह ने कभी अपनी आत्मकथा नहीं लिखी, अतः उनके बचपन के किस्से-कहानियों के बारे में हमें अधिक औपचारिक जानकारी नहीं है, किंतु यह भी असमंजस एवं गर्व की बात है कि अपने छोटे से जीवन में उन्होंने अपने देश की जनता में उतनी ख्याति अर्जित कर ली, उतना प्रेम अर्जित कर लिया, जितना लोग अपने पूरे लंबे जीवन में भी नहीं कर पाते।

भगत सिंह इस बात का जीता-जागता प्रमाण हैं कि एक लंबे जीवन के बनिस्बत एक अर्थपूर्ण और प्रभावी जीवन जीना अधिक आवश्यक है।

□

3

मोहनदास का बचपन

मोहनदास के पिता कर्मचंद एक हिंदू बनिया परिवार से थे और उनकी माता पुतलीबाई कृष्णभक्ति पर आधारित प्रणामी प्रथा में विश्वास रखती थीं, जिसमें भगवद्गीता और भगवत् पुराण के अतिरिक्त और 14 ऐसी धार्मिक पुस्तकों का अनुयायन होता था, जिसमें वेद-पुराण, कुरआन और बाइबल की शिक्षाएँ भी सम्मिलित थीं।

(मैं यहाँ पुनः दोहराना चाहूँगा कि मैंने मोहनदास कर्मचंद गांधी और भगत सिंह संधू के माता-पिता की जाति एवं धर्म का उल्लेख इसलिए किया है, ताकि आप उनके बचपन के पारिवारिक और सामाजिक परिवेश को समझ सकें। मैं स्वयं किसी प्रकार के जातिभेद, रंगभेद अथवा धर्मभेद में विश्वास नहीं रखता और गांधी और भगत सिंह भी जाति और धर्म के आधार पर भेद-भाव करने के सख्त विरोधी थे। इस पुस्तक को पढ़ते समय, यदि हम जातिभेद और धर्मभेद का भाव रखेंगे तो हम इन दो महानायकों का अपमान ही करेंगे।)

मोहनदास की माता अत्यंत धार्मिक महिला थीं, जो बहुत कठिन उपवासों और रीतियों का पालन करती थीं। तीन से चार दिन तक का उपवास रखना, उनके लिए साधारण सी बात थी। और वे कभी भी कितना भी अस्वस्थ होने पर अथवा अन्य कठिन परिस्थितियाँ होने पर भी अपने उपवास और प्रथाओं को त्यागती नहीं थीं।

मोहनदास का अपनी माता से बहुत लगाव था और वे उनकी धर्म के

प्रति निष्ठा से बहुत प्रभावित थे। किंचित् इसी कारण वे बाद में अपने उसूलों के एक पक्के इनसान बनने वाले थे। वह कठोर अनुशासन कदाचित् उन्होंने अपनी माता से ही सीखा था।

(मैं सदैव माता-पिता एवं शिक्षकों से कहता हूँ कि बच्चों को अच्छी शिक्षा देने से अधिक आवश्यक है कि हम अपने आचरण के द्वारा उनके समक्ष एक अच्छा उदाहरण स्थापित कर सकें।)

सन् 1874 में मोहनदास के पिता पोरबंदर छोड़, राजकोट आ गए। यहाँ 9 वर्ष की आयु में घर के पास के ही एक विद्यालय में मोहनदास का दाखिला करा दिया गया, जहाँ उन्होंने गणित, इतिहास, गुजराती भाषा और भूगोल में शिक्षा प्राप्त की।

मोहनदास स्वयं अपनी आत्मकथा में लिखते हैं कि वे पढ़ाई में कोई बहुत होशियार नहीं थे। हाँ, उन्हें अच्छे छात्र होने के कारण कुछ वजीफे एवं पुरस्कार अवश्य मिले, किंतु वे इसका श्रेय अपने क्षेत्र के बच्चों के लिए दिए गए आरक्षण को देते हैं और स्वयं को एक साधारण छात्र ही बताते हैं।

(जहाँ साधारणतः लोग अनुचित श्रेय लेने से भी नहीं हिचकिचाते, वहीं अपनी आत्मकथा में मोहनदास ने अपनी किसी अच्छाई का श्रेय तक नहीं लिया और उसका श्रेय परिस्थितियों अथवा दूसरों को दिया।)

वे यह भी बताते हैं कि उन्हें दूसरे बच्चों से मिलने में बहुत संकोच होता था। उन्हें लगता था कि दूसरे बच्चे उनका मजाक उड़ाएँगे। वे कक्षा के लिए बिल्कुल निर्धारित समय पर पहुँचते और कक्षा समाप्त होते ही तुरंत अपनी किताबें समेट घर की ओर दौड़ लगा देते, ताकि दूसरे बच्चों से बात न करनी पड़े।

(मुझे कई बार ऐसे बालक अथवा युवा मिलते हैं, जो यह कहते हैं कि वे बहुत शर्मीले अथवा संकोची हैं और अपने इस स्वभाव को लेकर उन्हें बहुत चिंता होती है। तब मैं उन्हें कहता हूँ कि वे चिंता न करें। यही स्वभाव किंचित् उनके चरित्र निर्माण में एक बड़ा योगदान देगा। चाहे हम अधिक बोलने वाले व्यक्ति हों अथवा चुप रहनेवाले एकांत-पसंद व्यक्ति हों, हमारा

अपने इस स्वभाव के कारण हीनता अनुभव करना उचित नहीं। यह हमारा स्वभाव है और यही हमें दूसरों से अलग बनाता है।)

उनके बचपन का वह किस्सा जगप्रसिद्ध है कि जब उनके विद्यालय में एक मिस्टर गाइल्स नामक अंग्रेज निरीक्षक आए हुए थे और उन्होंने मोहनदास की कक्षा के बच्चों को पाँच अंग्रेजी के शब्द लिखने के लिए दिए थे और मोहनदास ने kettle शब्द की गलत स्पेलिंग लिखी थी। उनके शिक्षक ने उनको बहुत इशारा किया कि वे पास बैठे छात्र से नकल कर अपनी स्पेलिंग ठीक कर लें, किंतु उन्होंने ऐसा नहीं किया। इससे हमें यह पता चलता है कि उनका बचपन से सच्चाई में कितना विश्वास था।

मोहनदास अपनी आत्मकथा में लिखते हैं कि इस प्रकरण के बाद भी उनका सम्मान अपने शिक्षक के प्रति कम नहीं हुआ था। वे कहते हैं कि वे अपने बड़ों का सम्मान करते थे और बड़ों की हरकतों की विवेचना अथवा आलोचना उनके स्वभाव के विरुद्ध थी।

(मैं विभिन्न छात्रों से कई बार जब पूछता हूँ—

"हमें दूसरों का सम्मान क्यों करना चाहिए?"

और साधारणत: उनके पास मेरे इस प्रश्न का कोई उत्तर नहीं होता। तब मैं उनसे कहता हूँ—

"क्योंकि जिस भी व्यक्ति का आप आदर नहीं करोगे, उस व्यक्ति से आप कुछ अच्छा नहीं सीख पाओगे और बुरे से बुरे व्यक्ति के पास भी आपको सिखाने के लिए कुछ अच्छा अवश्य होता है। उदहारणस्वरूप मैं उन्हें रामायण का वह प्रकरण भी याद दिलाता हूँ कि जब भगवान् राम ने लक्ष्मण को शिक्षा ग्रहण करने के लिए रावण के सिर के बजाय उसके चरणों के समीप खड़े होने के लिए कहा था।")

(उनकी इसी कथा से प्रेरित होकर मैंने भी बचपन में एक बार ऐसा किया था, जब कक्षा में खुली नकल चल रही थी, किंतु मैंने और मेरे एक मित्र ने नकल नहीं की। उस परीक्षा में हम दोनों के सबसे कम अंक आए, किंतु आज भी उस बात को याद कर मुझे बहुत प्रसन्नता होती है। मेरा यह मानना

है कि जब लालच में आकर हम अपने सिद्धांतों को त्याग देते हैं, तब हम अपने आत्मसम्मान को खो देते हैं और अपनी नजर में ही गिर जाते हैं। इसके फलस्वरूप हम एक कमजोर व्यक्ति बन जाते हैं।)

मोहनदास यह भी बताते हैं कि वे अपने स्कूल की पुस्तकों को पढ़ने के अतिरिक्त कुछ नहीं पढ़ते थे। उनका कहना था कि वे स्कूल के पाठ भी पूरे इसलिए करते थे, क्योंकि उन्हें अध्यापक से दंड मिलने का डर रहता था। दंड मिलने और अपने सहपाठियों के समक्ष शर्मिंदा होने के भय से ही वे अपनी स्कूल की पढ़ाई कर लेते थे। श्रवण कुमार और हरिश्चंद्र की कहानी भी उन्होंने अपने पिता से अनुमति लेकर नाटक मंडली में ही देखी थी।

(छात्रवस्था के समय की मोहनदास कर्मचंद गांधी की तसवीर)

11 वर्ष की आयु होने तक उनका प्रवेश एक हाई स्कूल अर्थात् उच्च विद्यालय में करा दिया गया। उस समय के बारे में मोहनदास अपनी आत्मकथा में लिखते हैं कि उन्होंने कभी किसी छोटी-से-छोटी बात पर भी अपने माता-पिता अथवा किसी और से झूठ नहीं बोला।

एक बार आकाश में बादल होने के कारण उन्हें समय के बारे में धोखा हो गया। उन्हें लगा कि अभी दिन नहीं हुआ है और जब उन्हें इस गलती का आभास हुआ तो वे पूरी शीघ्रता से कक्षा की ओर बढ़े, किंतु फिर भी कक्षा के निर्धारित समय से देर से पहुँचे। अध्यापक के कारण पूछने पर उन्होंने वही कारण बताया, जो सत्य था। किंतु उनके अध्यापक को उन पर विश्वास नहीं हुआ और अध्यापक ने उन्हें झूठ बोलने के लिए दंड दिया। इस बात से मोहनदास बहुत समय तक दु:खी रहे। उन्हें दंड मिलने से अधिक इस बात का दु:ख था कि उन्हें झूठा समझा गया।

उनके बचपन के वर्णन से हम यह देख सकते हैं कि उन्होंने कुछ बढ़ा-चढ़ाकर नहीं कहा जैसा कि साधारणत: लोग करते हैं, अपितु उन्होंने अपनी कुछ सफलताओं का श्रेय भी स्वयं नहीं लिया और अपनी गलतियों को स्वीकारने में भी कोई संकोच नहीं किया।

□

4

मोहनदास का विवाह एवं युवावस्था

मोहनदास का विवाह मात्र 13 वर्ष की आयु में 14 वर्ष की कस्तूरबा बाई से कर दिया गया, जिन्हें बाद में लोग आदर से 'कस्तूरबा बा' अथवा मात्र 'बा' के नाम से जानेंगे (गुजरती में 'बा' का अर्थ होता है—'माँ')।

मोहनदास इस प्रकरण को पश्चात्ताप के भाव से देखते थे। वे कहते थे कि जब मैं अपने आसपास 13-14 वर्ष के बच्चों को खेलते देखता हूँ तो शर्मिंदगी होती है कि मैंने इतनी कम आयु में विवाह किया। यद्यपि इसमें उनका कोई दोष इसलिए नहीं बनता, क्योंकि यह उनके माता-पिता के आदेश से हुआ था और उस समय के सामाजिक परिवेश में इतनी कम आयु में विवाह करना एक साधारण बात थी।

मोहनदास इस बात पर भी पश्चात्ताप करते हैं कि वे पूर्णतया आदर्शवादी होने के कारण अपनी पत्नी से भी उतने ही आदर्शवादी व्यवहार की अपेक्षा करते थे और अपने आदर्शवाद को उन पर थोपने का प्रयास करते थे। इसे बाद में उन्होंने अपनी गलती माना। उनका मानना था कि स्वयं हम कितने भी आदर्शवादी क्यों न हों, किंतु अपने आदर्शों को दूसरों पर थोपने का हमें कतई अधिकार नहीं है।

(मोहनदास स्वयं को सत्य का पुजारी कहते थे अतः उन्होंने अपनी आत्मकथा में हर वह बात स्वीकार की, जिसे उस समय के समाज में किसी के लिए भी स्वीकार पाना कठिन ही नहीं असंभव था। ऐसा करने से

उनकी ख्याति जा भी सकती थी, किंतु इस भय ने उन्हें सत्य को स्वीकारने से हतोत्साहित नहीं किया। बहुत से लोग उनकी स्वयं स्वीकारी बातों पर भी उनकी भरसक आलोचना करते हैं। मुझे कदाचित् कुछ युवा मिलते हैं, जो गांधी की आलोचना करते हैं। उनसे मैं यही पूछता हूँ—

"क्या आप में गांधी से कम खामियाँ हैं? क्या आप अपने द्वारा की गई सब गलतियों को समाज के सामने स्वीकारने का साहस रखते हो? क्या आपने बाइबिल का वो कथन सुना है कि पहला पत्थर वो इनसान मारे के, जिसने स्वयं पाप न किया हो?")

इसके बाद कुछ ऐसे प्रकरण, जिन्हें मोहनदास ने अपनी आत्मकथा में साँझा किया और जिनको लेकर उनके मन में पश्चात्ताप और ग्लानि का भाव था। (मोहनदास स्वयं को सत्य का पुजारी कहते थे अत: उन्होंने अपनी आत्मकथा में हर वह बात स्वीकार की, जिसे उस समय के समाज में किसी के लिए भी स्वीकार पाना कठिन ही नहीं असंभव होता।)—

1. अपने एक वरिष्ठ मित्र के यह कहकर उकसाने पर कि अंग्रेज हम पर इसीलिए राज करते हैं, क्योंकि वे मांस/मीट खाते हैं और लंबे चौड़े होते हैं, मोहनदास ने भी छुप-छुपकर मांस खाना शुरू कर दिया। किंतु फिर उन्हें आभास हुआ कि उन्हें अपने माता-पिता से छुपकर करना पड़ रहा है और इसलिए यह झूठ के दायरे में आता है। तब उन्होंने शपथ ली कि अपने माता-पिता के जीवित रहते, वे कभी मांस नहीं खाएँगे, ताकि उन्हें झूठ न बोलना पड़े।

2. उसी वरिष्ठ दोस्त के कारण उन्हें धूम्रपान अथवा बीड़ी पीने की आदत लग गई और ऐसा करने के लिए उन्होंने अपने घर में काम कर रहे एक सहायक से पैसे चुराना शुरू कर दिया। किंतु फिर उन्हें पश्चात्ताप हुआ और उन्होंने एक पत्र में लिखकर अपने पिता को अपनी गलती बताई और उनको वचन दिया कि वे भविष्य में ऐसा कभी नहीं करेंगे। उन्हें इस बात से उतना कष्ट नहीं हुआ कि उन्हें अपने पिता के सामने शर्मिंदा होना पड़ा, अपितु इस बात का दु:ख हुआ कि यह बात जानकर उनके पिता को कितना कष्ट हुआ होगा।

3. मोहनदास के पिता बहुत बीमार थे और बिस्तर पर अपनी आखिरी साँसें गिन रहे थे। मोहनदास सबकुछ छोड़कर अपने पिता की सेवा में लगे रहते। किंतु एक रात उन्हें अपनी पत्नी के पास जाने की इच्छा हुई और वे अपने पिता को अपने चाचा की देख-रेख में छोड़ अपनी पत्नी के पास चले गए। अभी वे वहाँ पहुँचे ही थे कि पीछे से संदेश आया कि उनके पिता नहीं रहे। अपनी आत्मकथा में वे कहते हैं कि इस बात का उन्हें जीवन भर पश्चात्ताप रहेगा कि वे श्रवण कुमार को अपना आदर्श मानते थे, किंतु अपने पिता की अंतिम साँसों में उनका हाथ न थाम सके।

मोहनदास कर्मचंद गांधी और उनकी पत्नी कस्तूरबा)

□

5

मोहनदास की इंग्लैंड में पढ़ाई

जब मोहनदास के पढ़ाई पूरी करने के लिए इंग्लैंड जाने की बात हुई तो उनकी माता पुतलीबाई ने उन्हें मना कर दिया। उनकी माता ने विदेश/इंग्लैंड के बारे में बहुत कुछ बुरा सुन रखा था। उन्हें डर था कि विदेश जाकर मोहनदास भी अंग्रेजों जैसे ही हो जाएँगे और मांस, मदिरा और वासना में लिप्त हो जाएँगे।

इस पर मोहनदास ने अपनी माता को वचन दिया कि विदेश में रहते हुए, वे स्वयं को मदिरा, मांस और वासना से दूर रखेंगे। इस वचन पर उनकी माता ने उन्हें विदेश जाने की अनुमति दे दी। उनकी माता को पता था कि मोहनदास कभी झूठ नहीं बोलते और ये भी कि वे अपने वचन के कितने पक्के हैं।

किंतु जब समुद्री जहाज से इंग्लैंड जाने के लिए मोहनदास बंबई पहुँचे, तब उनके बनिया समाज के अध्यक्ष बंबई में ही रहते थे। उन्होंने मोहनदास को चेताया कि यदि वे इंग्लैंड गए तो वे उन्हें समाज से निष्कासित कर देंगे। मोहनदास के अपना मदिरा, मांस और वासना से दूर रहने का वचन दोहराने पर भी वे अध्यक्ष महोदय उन से प्रभावित नहीं हुए।

मोहनदास ने अपना पढ़ाई के लिए विदेश जाने का निर्णय नहीं बदला और उन्हें समाज से निष्कासित कर दिया गया।

इंग्लैंड में मोहनदास ने यूनिवर्सिटी कॉलेज, लंदन में बैरिस्टर बनने की इच्छा से कानून की शिक्षा प्राप्त की। उनके शर्मीले स्वभाव के कारण वे अब भी बोलने में बहुत संकोच करते थे। इस संकोच को दूर करने के लिए उन्होंने

वाद-संवाद एवं संबोधन (पब्लिक स्पीकिंग) के एक मंच से अपने आप को जोड़ा और संवाद एवं संबोधन की कला सीखी।

(मेरे पास बहुत से ऐसे छात्र आते हैं, जो संवाद करने में स्वयं को असमर्थ पाते हैं। मैं उन छात्रों से कहता हूँ कि आप अपने जीवन में कितना ही ज्ञान प्राप्त कर लें और कितनी भी डिग्री ले लें, किंतु यदि आप संवाद करना अथवा बोलना नहीं सीखेंगे तो आपका सारा ज्ञान व्यर्थ हो जाएगा। इस संसार की जितनी भी भिन्न प्रतिभाओं वाली महान् हस्तियों के बारे में हम जानते हैं, जिन्होंने अपनी चयनित प्रतिभा के क्षेत्र में ख्याति प्राप्त की है, फिर चाहे वो खिलाड़ी हों, वैज्ञानिक हों, लेखक हों या राजनेता, उन सब में यह बात साझा थी कि वे सब बोलने में बहुत कुशल थे। बोलने की कला को हल्के में न लें।)

(इंग्लैंड में कानून की शिक्षा ग्रहण करते समय की मोहनदास की तसवीर)

इंग्लैंड में रहते समय मोहनदास ने अपने मांस, मदिरा और वासना से दूर रहने के वचन को पूरी तरह निभाया। उन्होंने एक धार्मिक संस्था से भी स्वयं को जोड़ा, जहाँ भगवद्गीता और बौद्ध धर्म की पढ़ाई होती थी।

इंग्लैंड में रहते हुए मोहनदास ने प्रयास किया कि वे उतनी ही सुविधाओं

का लाभ उठाएँ, जितनी उनके परिवार के पास भारत में थे। इंग्लैंड में बहुत सी सुविधाएँ थीं, किंतु मोहनदास को बुरा लगता कि वे रहन-सहन की उन सुविधाओं का लाभ उठाएँ, जो उनके परिवार के पास नहीं थीं।

(आजकल के कितने छात्र यह दावा कर सकते हैं कि वे उन सुविधाओं का प्रयोग नहीं करेंगे, जो उनके माता-पिता के पास नहीं हैं?)

मोहनदास का ये सिद्धांत वे पूरी उम्र निभाएँगे कि वो मात्र उतनी सुविधाएँ उठाएँगे, जितनी उनके देश भारत के सबसे गरीब इनसान के पास थीं।

जब अपनी पढ़ाई पूरी कर मोहनदास वापस भारत पहुँचे तो उन्हें बताया गया कि उनकी माता का निधन हो चुका है और ये भी कि उन्हें पहले इसलिए बताया नहीं गया था, क्योंकि उनके परिवार के बड़ों का मानना था कि इतनी दूर इंग्लैंड में अकेले रहते हुए उनके लिए इस दुःख का सामना करना कठिन होगा और कहीं वे अपनी शिक्षा बीच में छोड़कर वापस न आ जाएँ। इस प्रकार स्वयं को श्रवण कुमार का अनुयायी मानने वाले मोहनदास अपने माता-पिता के अंतिम समय में उनके साथ न रह पाए। भाग्य ने उन्हें यह अवसर नहीं दिया और उन्हें इस बात का सदैव पश्चात्ताप रहा।

इंडिया लौटने के बाद उन्हें वकालत करने में बहुत कठिनाई आ रही थी, क्योंकि वे कोर्ट में गवाहों से सख्ती से प्रश्न नहीं कर पाते थे। इतना पढ़ने के बाद और अपने परिवार का इतना खर्चा करवाने के बाद वे चाहते थे कि वे अपने परिवार को अच्छी सुख-सुविधाएँ दे सकें। किंतु उनका काम अच्छा नहीं चल रहा था।

इतने में उनको एक अवसर तब मिला, जब दादा अब्दुल्ला नाम के एक व्यापारी ने उन्हें दक्षिण अफ्रीका में उनके भाई का एक मुकदमा लड़ने की पेशकश की।

(उस समय तक दक्षिण अफ्रीका भी अंग्रेजी साम्राज्य का ही हिस्सा था)

उस मुकदमे में 195 पौंड रुपए और आने-जाने का खर्च शामिल था। मोहनदास ने 'हाँ' कह दी।

□

6

मोहनदास का दक्षिण अफ्रीका में रंग-भेद से सामना

दक्षिण अफ्रीका जाने तक भी मोहनदास अपने आप को अंग्रेजी नागरिक ही समझते थे। उन्हें लगता था कि उन्होंने अंग्रेजों का नमक खाया है, इंग्लैंड में शिक्षा प्राप्त की है और उन्हें लगता था कि अंग्रेज उन्हें समान अधिकार और सम्मान देंगे। उस समय तक मोहनदास को और उनके परिवार को अंग्रेजों के हाथों प्रताड़ना और अत्याचार नहीं सहना पड़ा था, जिसके बनिस्बत भगत सिंह के परिवार को अत्याचार की चरम सीमा को सहना पड़ा था। मोहनदास व्यक्तिगत रूप से अंग्रेजों के अत्याचार से प्रभावित नहीं हुए थे।

एक बालक अथवा छात्र के रूप में एवं संचार एवं सूचना माध्यमों के अभाव में अंग्रेजों द्वारा विभिन्न लोगों पर किए जा रहे अत्याचार के प्रति उनकी अनभिज्ञता के लिए हम उनको दोषी नहीं मान सकते। उनका मत-परिवर्तन तब हुआ, जब दक्षिण अफ्रीका में उनका सामना सीधे तौर पर अंग्रेजों के अत्याचार और भेद-भाव से हुआ।

मोहनदास उस अब्दुल्ला नामक व्यक्ति के मुकदमे को निपटा कर वापस भारत आने का विचार रखते थे। किंतु इस दौरान उनके साथ कुछ ऐसे घटनाक्रम हुए, जिन्होंने उन्हें झकझोर दिया।

इनमें से कुछ घटनाओं को यहाँ लिख रहा हूँ—

(दक्षिण अफ्रीका में अपनी सेवाएँ देते समय की गांधी की एक तसवीर।)

1. दक्षिण अफ्रीका में सड़क के किनारे के फुटपाथ पर चलने की अनुमति मात्र गोरे अंग्रेजों को थी। अश्वेत रंग के लोगों का फुटपाथ पर चलना मना था। एक दिन मोहनदास फुटपाथ पर चल रहे थे कि सामने से आनेवाले एक अंग्रेज ने लात मार कर उन्हें फुटपाथ से नीचे गिरा दिया।

2. एक बार रेल में यात्रा करते समय उन्हें सीट पर बैठने नहीं दिया गया और उन्हें विवशतावश ड्राइवर के पास जमीन पर बैठकर यात्रा करनी पड़ी।

3. एक बार एक अंग्रेज के घर के पास से गुजरने के लिए उन्हें धक्के मार कर एक गंदगी के गटर में गिरा दिया गया।

4. एक बार कोर्ट में जज ने उन्हें अपनी पगड़ी उतारने का हुकुम दिया।

5. सबसे बड़ी घटना उनके साथ तब हुई, जब उन्हें एक प्रथम श्रेणी

के डिब्बे से धक्के मारकर बीच के किसी स्टेशन के प्लेटफॉर्म पर फेंक दिया गया। उनके पास जाने के लिए कोई स्थान नहीं था और वे पूरी रात उस प्लेटफॉर्म पर बैठकर ठंड से काँपते रहे। पूरी रात वे यह सोचते रहे कि वे दक्षिण अफ्रीका छोड़कर वापस भारत लौट जाएँगे, क्योंकि कम-से-कम भारत में उनका परिवार था और वहाँ उतना रंगभेद नहीं था, जितना कि दक्षिण अफ्रीका में था।

(दक्षिण अफ्रीका में गांधी को ट्रेन से नीचे फेंक देने का एक काल्पनिक चित्र)

किंतु अंत में मोहनदास ने निर्णय लिया कि वे दक्षिण अफ्रीका में रहकर रंगभेद के विरुद्ध शांतिपूर्ण संघर्ष करेंगे और दक्षिण अफ्रीका के अश्वेत नागरिकों को उनका समान अधिकार दिलवाएँगे।

इसके बाद मोहनदास 23 वर्षों तक दक्षिण अफ्रीका में रहे। इस समय में उन्होंने नेशनल इंडियन कांग्रेस नामक संस्था की स्थापना की (यह संस्था भारत में चल रही संस्था इंडियन नेशनल कांग्रेस से अलग थी।) और भारतीयों को उनके अधिकार दिलाने के लिए अहिंसापूर्ण संघर्ष किया। बहुत

से लोग इस बात की आलोचना करते हैं कि गांधी भेद-भाव करते थे, उन्हें मात्र भारतीयों के अधिकारों की चिंता थी, अफ्रीका के मूल अश्वेत लोगों के प्रति उनकी कोई संवेदना नहीं थी। मैं कहता हूँ कि अब एक व्यक्ति सबकुछ की चिंता कैसे करे, कोई तो दूसरों की भी करे, सारा बोझ गांधी पर ही डाल दो। और दक्षिण अफ्रीका के मूल लोगों में भी गांधी को एक नायक के रूप में देखा जाता है। प्रसिद्ध अफ्रीकी नेता नेल्सन मंडेला भी गांधी को अपना आदर्श मानते थे और इस बात का उल्लेख उन्होंने बार-बार किया।

एक बार डरबन शहर पहुँचने पर कुछ गोरे अंग्रेजों ने उन पर हमला कर दिया और एक वरिष्ठ अंग्रेज पुलिस अधिकारी की पत्नी के बीच में आ जाने से ही उनकी जान बच पाई। किंतु उन्होंने कहने पर भी उन पर हमला करनेवाले किसी अंग्रेज के विरुद्ध पुलिस में शिकायत दर्ज करने से मना कर दिया।

देखने की बात है कि बेशक बहुत से अंग्रेजों ने मोहनदास के साथ दुर्व्यवहार किया होगा, किंतु वे अंग्रेजों से नफरत नहीं करते थे। वे तो समाज और दुनिया को बदलना चाहते थे, समाज को एक बेहतर समाज और दुनिया को एक बेहतर दुनिया बनाना चाहते थे और ऐसा तभी संभव होता है, जब हम अपने शत्रु से भी नफरत न करें। गांधी का वह प्रसिद्ध कथन इस सिद्धांत को दरशाता है—"नफरत से नफरत को दूर करने की उम्मीद करना ऐसे ही है, जैसे आप अंधकार से अंधकार को दूर करने की उम्मीद करें।"

रवींद्रनाथ टैगोर के एक अंग्रेजी कथन से प्रभावित होकर मैंने एक उर्दू भाषा का शेर लिखा था—

"मोहब्बत की शमा जलाओ दोस्तों, मोहब्बत की शमा जलाओ दोस्तों
और ये न सोचो कि अँधेरा दूर होगा कि नहीं।"

गांधी इस बात से बहुत क्षुब्ध होते थे कि हिंदुस्तानियों को विशेष रूप से हिंदुओं को कमजोर समझा जाता था। वे सदैव यह दिखाने का प्रयास करते कि हिंदुस्तानी कमजोर नहीं हैं। अपनी इसी बात को सिद्ध करने के लिए उन्होंने 1100 हिंदुस्तानी कार्यकर्ताओं की एक एंबुलेंस (प्राथमिक सेवा) फोर्स का गठन किया और अंग्रेजों के विभिन्न अफ्रीकी कबीलों के साथ चल

रही लड़ाई (बोयरस युद्ध) में युद्ध मैदान से दोनों पक्ष के घायल सैनिकों को कई मील के दुर्गम रास्तों पर पैदल चलकर स्ट्रेचर पर उठाकर हस्पताल तक पहुँचाने का काम किया। ऊबड़-खाबड़ जंगल के इलाकों से चलती हुई गोलियों के बीच घायल सैनिकों को उठाकर पैदल इतना दूर लेकर आना एक अत्यंत कठिन चुनौती वाला काम था। चलती हुई गोलियों के बीच उनके मारे जाने की भी उतनी ही संभावना थी, जितनी कि किसी लड़ रहे सैनिक की। अपने सेवाभाव के अतिरिक्त गांधी यह दिखाना चाहते थे कि वे शांतिप्रिय अवश्य हैं, किंतु डरपोक नहीं हैं। उनकी इस सेवा के लिए उन्हें अंग्रेजों द्वारा अंग्रेज महारानी के मैडल से भी सम्मानित किया गया।

(दक्षिण अफ्रीका में बोयरस युद्ध के समय मोहनदास द्वारा स्थापित की गई 1100 सदस्यों की इंडियन एंबुलेंस फोर्स की एक टुकड़ी। चित्र के ठीक बीच में आप गांधी को बैठा देख सकते हैं, जिनके कांधे पर पीछे खड़े व्यक्ति ने अपना हाथ रखा हुआ है।)

उस समय तक गांधी का नाम एक भारतीय राष्ट्रवादी के रूप में विश्व में विख्यात हो चुका था। ऐसे में उन्हें गोपाल कृष्ण गोखले का भारत आकर भारत में भारतीयों के समान अधिकारों की लड़ाई में योगदान देने का निमंत्रण मिला तो उन्होंने सहर्ष स्वीकार कर लिया और सन् 1915 में 46 वर्ष की आयु में मोहनदास वापस भारत आ गए।

(यहाँ उल्लेख करना उचित रहेगा कि मोहनदास ने 39 वर्ष की आयु में संन्यास ले लिया था)

ध्यान देने वाली बात यह भी है कि इस समय तक भारत में स्वतंत्रता संघर्ष नहीं हो रहा था, अपितु भारतीय नागरिकों के लिए औपचारिक तरीकों से समान अधिकारों की लड़ाई लड़ी जा रही थी।

□

7

भगत सिंह–बचपन से युवावस्था तक

हम पहले पढ़ चुके हैं कि भगत सिंह का जन्म एक क्षत्रिय जाति में हुआ था और उनका सामाजिक परिवेश भी यही था। उनके पिता को देश से निष्कासित कर दिया गया था और उनके चाचा की मृत्यु अंग्रेजी जेल अथवा कारागार में मिली प्रताड़ना के चलते हो गई थी।

क्योंकि भगत सिंह की शहादत मात्र 23 वर्ष की आयु में हो गई थी, उन्हें कभी अपनी आत्मकथा लिखने का अवसर नहीं मिला। अत: हम उनके जीवन एवं दर्शन का अनुमान मात्र इतिहास में पंजीकृत घटनाओं, उनके द्वारा लिखे लेखों एवं पत्रों और उनके द्वारा बाद में लिखी गई जेल डायरी के उल्लेखों के आधार पर ही कर सकते हैं।

हम यह अनुमान लगा सकते हैं कि उनके पिता किशन सिंह, चाचा अजीत सिंह और स्वर्ण सिंह के ऊपर अंग्रेजों के द्वारा किए गए अत्याचारों और अपनी माँ और चाचियों के कठिन संघर्षपूर्ण जीवन को देखने के कारण उनमें अंग्रेजी साम्राज्य के प्रति क्रोध होना स्वाभाविक था। उस पर एक ऐसे देशभक्त एवं क्रांतिकारी परिवार से होने के कारण उनमें क्रांतिकारी प्रवृत्ति होना तय था।

उस समय अधिकतर छात्र 'खालसा हाई स्कूल' लाहौर में पढ़ते थे, किंतु भगत सिंह के दादा अर्जुन सिंह उस स्कूल के प्रचालकों के अंग्रेजों के प्रति नर्म रवैये से खुश नहीं थे। इसलिए उन्होंने भगत सिंह का नाम 'स्वामी दयानंद

एंग्लो–वैदिक हाई स्कूल' में लिखवा दिया, जो कि एक आर्य समाज संस्था द्वारा आर्य समाज के सिद्धांतों के आधार पर चलाया जा रहा विद्यालय था।

आर्य समाज मूर्तिपूजा, वर्ण अथवा जातिभेद और रूढ़िवादिता के विरुद्ध था और इन प्रथाओं को हिंदू/सनातन धर्म में आ गई कुरीतियों के रूप में देखता था। किंचित् इन्हीं कारणों से भगत सिंह स्वयं को इस रूप में नास्तिक समझते थे और ऐसा वे कहते भी थे। समाज–सुधार और समाज–परिवर्तन भी उनकी सोच में उतना ही महत्त्व रखते थे, जितना कि देशभक्ति।

(मेरे अनुसार किसी व्यक्ति का स्वयं को नास्तिक कहना गुनाह नहीं है। वह व्यक्ति ऐसा इसलिए कहता है, क्योंकि वह अपने समक्ष प्रस्तुत किए गए धर्म के रूप से संतुष्ट नहीं होता। उसे वह रूप विकृत लगता है। उल्टा मैं तो यह समझता हूँ कि यह उनके तर्क–वितर्क करने की योग्यता और एक चिंतक–विचारक होने का सूचक है। और मैं तो यह समझता हूँ कि यदि कोई आस्तिक व्यक्ति अपने प्राण त्यागता है तो फिर भी भगवान् से स्वर्ग पाने के लोभ में करता है, किंतु जब एक नास्तिक व्यक्ति किसी नेक काम के लिए अपने प्राण त्यागता है तो वह ऐसा तभी कर सकता है, जब उसे नेकी में पूरा विश्वास एवं आसक्ति हो। और उसका बिना किसी प्रकार के पारितोषिक के, प्रलोभन के किया गया यह त्याग सर्वोपरि है। पुण्य और पुरस्कार पाने के प्रलोभन से किया गया त्याग कोई त्याग नहीं।)

□

8

भगत सिंह–जलियाँवाला बाग त्रासदी

मात्र 12 वर्ष की आयु में बालक भगत सिंह को जलियाँवाला बाग में हजारों निहत्थे सिखों के अंग्रेज जनरल डायर और उसके सैनिकों द्वारा किए गए नरसंहार को देखने का अवसर मिला।

यद्यपि वे नरसंहार के समय वहाँ नहीं थे, किंतु वे उसके 2 घंटे बाद वहाँ पहुँच गए थे और उन्होंने वहाँ पड़ी हजारों लाशों और खून का मंजर अपनी आँखों से देखा था। इस त्रासदी को देख उस बालक के मन पर क्या प्रभाव हुआ होगा, जिसने पहले ही अंग्रेजों के हाथों अपने पिता और चाचा पर किए गए अत्याचार को देखा था और जिसका क्रोध उसके मन में पहले से था, इस बात का अनुमान लगाना हमारे लिए कठिन होगा।

13 अप्रैल, 1919 को जनरल डायर ने आदेश जारी किया था कि किसी भी जनसमूह का एकत्र होना गैर–कानूनी समझा जाएगा। किंतु प्रचार माध्यमों के अभाव में यह आदेश सब जगह तक नहीं पहुँच पाया था और अधिकतर लोग प्रशासन के इस आदेश से अनभिज्ञ थे।

सिख धर्मस्थल स्वर्ण मंदिर के निकट स्थित जलियाँवाला बाग में बैसाखी के अवसर पर बहुत से श्रद्धालुओं की भीड़ जमा थी, जिसमें से कुछ लोग दो भारतीय लीडरों 'सत्यपाल और सैफुद्दीन' की गिरफ्तारी और देश से निष्कासन का शांतिपूर्ण तरीके से विरोध कर रहे थे। उनमें से किसी को भी यह अंदेशा नहीं हुआ होगा कि एक सिरफिरे अंग्रेज अधिकारी की

बीमार मानसिकता के कारण चंद पलों में उन पर कितना बड़ा कहर ढाया जानेवाला था।

जब जनरल डायर तक यह बात पहुँची तो वह तुरंत बहुत सी सेना की टुकड़ियाँ लेकर वहाँ पहुँचा।

(जलियाँवाला बाग में निहत्थे भारतीय जनसाधारण पर गोली चलाती जनरल डायर और उनकी सैन्य टुकड़ी की एक काल्पनिक तसवीर)

(जलियाँवाला बाग 6–7 एकड़ में फैला एक बाग है, लेकिन चारों ओर से दीवारों से घिरा हुआ है। बाहर निकलने के मात्र 3–4 छोटे द्वार ही खुले थे।)

जनरल डायर ने आव देखा, न ताव, बिना किसी चेतावनी के निहत्थे बैठे लोगों पर गोलियाँ चलाने का आदेश दे दिया। देखते-ही-देखते लगभग हजार लाशें मैदान में बिछ गईं और लगभग डेढ़ हजार लोग जख्मी हो गए। बहुत से लोग तो गोलियों से बचने के लिए वहाँ बने एक बड़े कुएँ में कूद गए और उस कुएँ में अधिक लोगों के कूदने से बहुत से लोग दबकर मर गए। जनरल डायर ने वहाँ उपस्थित लोगों पर कोई दया न दिखाई और जलियाँवाला बाग के छोटे से द्वार से बाहर निकलने का प्रयास कर रही भीड़ पर भी गोलियों

की बौछार करने का आदेश दे दिया। निहत्थे लोगों का ऐसा नरसंहार विश्व में शायद ही कहीं और देखा गया हो।

मैंने स्वयं जलियाँवाला बाग को 12 वर्ष की आयु में सन् 1984 में देखा था और उस समय भी इस भयंकर त्रासदी के निशाँ जहाँ–तहाँ दीवारों पर लगी गोलियों के रूप में वहाँ देखे जा सकते थे।

अब आप सोच सकते हैं कि जहाँ हम छोटी–मोटी दुर्घटना देखकर भी विचलित हो जाते हैं, वहाँ इस जघन्य नरसंहार के कि इस दृश्य का बालक भगत सिंह पर क्या प्रभाव हुआ होगा।

जलियाँवाला बाग त्रासदी के परिणाम—

1. समूचे भारतवर्ष में क्रोध और आवेश का माहौल था और इस क्रोध ने भारतीय राष्ट्रवाद की आग को जंगल की आग की तरह सारे देश में फैला दिया।

2. यद्यपि अंग्रेजी संसद् के ऊपरी सदन 'हाउस ऑफ लॉर्ड्स' में बहुतों ने जनरल डायर को अंग्रेजों का हीरो माना, लेकिन अंग्रेजी संसद् के निचले सदन 'हाउस ऑफ कॉमन' में जनरल डायर की कठोर निंदा हुई और जनरल डायर को आगे की पदोन्नति से रोक दिया गया। उनके भारत में काम करने पर भी रोक लगा दी गई। इंग्लैंड में अंग्रेज जनसाधारण में भी भारतीय लोगों के प्रति संवेदना जाग्रत् होने लगी। अपने ही लोगों में अंग्रेजों के भारत पर राज करने के विरुद्ध राय बनने लगी और इस राय का अंग्रेजों के अंततः भारत छोड़ने के निर्णय में एक बड़ा योगदान होनेवाला था।

3. यद्यपि जनरल डायर को उनके जलियाँवाला बाग वाले कुकर्म का बहुत कम दंड मिला, किंतु अब अंग्रेजी जनता की एक बड़ी संख्या अंग्रेजों के भारत में शासन करने के विरुद्ध होने लगी थी। अंग्रेज जनता में भी धीरे–धीरे लोगों को लगने लगा था कि भारत पर शासन करना अनैतिक है।

20 फरवरी, 1921 को गुरुद्वारा ननकाना साहिब में भी बहुत से निहत्थे लोगों की हत्या की गई और इसके विरोध में 14 वर्ष की आयु में भगत सिंह ने भी हिस्सा लिया और प्रदर्शनकारियों का अपने गाँव में स्वागत किया।

भगत सिंह की युवावस्था का यह किस्सा भी चर्चित है कि जब वे अपने

एक मित्र के साथ रावी नदी में नाव चला रहे थे, तब देशभक्ति की चर्चा करते समय उनके मित्र ने कहा—

"आओ, आज हम एक प्रण करें कि हम अपना सारा जीवन देश के ऊपर समर्पित कर देंगे।"

तब भगत सिंह ने मुसकराते हुए कहा—

"मैं तो यह प्रण 12 वर्ष की आयु में ही कर चुका हूँ, किंतु आज तुम्हारे कहने पर उस प्रण को दोबारा दोहराता हूँ कि मैं अपना सारा जीवन देश को समर्पित कर दूँगा।"

मेरे विचार से इस प्रकरण में भगत सिंह ने 12 वर्ष की आयु में किए गए देशभक्ति के जिस प्रण का उल्लेख किया है, वह प्रण किंचित् उन्होंने 12 वर्ष की आयु में जलियाँवाला बाग नरसंहार को देखने के बाद ही लिया होगा। □

9

गांधी की भारत वापसी और असहयोग आंदोलन

सन् 1915 में गोपाल कृष्ण गोखले के आमंत्रण पर 46 वर्ष के मोहन दास, जो दक्षिण अफ्रीका में चलाई गई अपनी गतिविधियों के कारण अब गांधी के नाम से विश्व-विख्यात हो चुके थे, भारत लौट आए और वे इंडियन नेशनल कांग्रेस के सदस्य बन गए।

सन् 1916 में बाल गंगाधर तिलक, मोहम्मद अली जिन्ना और एनी बेसेंट के सराहनीय प्रयासों से कांग्रेस के सभी सदस्य, जो पहले पार्टी से अलग हो गए थे, फिर एक मंच पर आ गए और कांग्रेस का ऐतिहासिक लाहौर अधिवेशन हुआ। इस समय तक गांधी की भारत में अथवा कांग्रेस में कोई पहचान नहीं थी, कोई महत्त्व नहीं था।

अभी तक के कांग्रेसी नेता बाल गंगाधर तिलक, गोपाल कृष्ण गोखले, मोहम्मद अली जिन्ना, एनी बेसेंट इत्यादि अंग्रेजी साम्राज्य के नीचे रहते हुए मात्र भारत देश को स्वयं चलाने का अधिकार पाना चाहते थे। इसीलिए उन्होंने 'होमरूल मूवमेंट' चलाया और 'होमरूल' अथवा 'गृहराज' की माँग की।

किंचित् उन्हें लगता था कि अंग्रेजी साम्राज्य बहुत बड़ा है और उसकी सेना संपूर्ण विश्व में राज करती है और ऐसे में उन्हें एक बार में भारत से हटा पाना संभव नहीं होगा। अत: उन्होंने अंग्रेजी सरकार के नीचे रहकर भारत देश का प्रशासन चलाने को एक उचित विकल्प माना। सन् 1857 के विद्रोह में

हजारों, लाखों भारतीयों के नरसंहार को वे दोहराना नहीं चाहते थे।

ऐसे में गांधी ने पूर्ण स्वराज की विचारधारा को सामने रखा तो बाकी सदस्य इस बात से नाखुश हुए, विशेष तौर से मोहम्मद अली जिन्ना, जो अंग्रेजों के नीचे रहकर भारत की सरकार चलाने की इच्छा रखते थे। अन्य नेताओं को लग रहा था कि ऐसा करने से अंग्रेज नाराज हो जाएँगे और वे कांग्रेस की 'होमरूल' की माँग को भी ठुकरा देंगे। बनिस्बत इसके गांधी को विश्वास था कि पूर्ण स्वराज को पाया जा सकता है।

कांग्रेस से जुड़ने के मात्र 4 वर्षों के अंदर ही सन् 1920 में गांधी को कांग्रेस का अध्यक्ष चुन लिया गया। गांधी के आने से पहले इंडियन नेशनल कांग्रेस को देश के जनसाधारण का समर्थन प्राप्त नहीं था। देश की जनता कांग्रेस को मात्र कुछ समृद्ध एवं शिक्षाविद् लोगों के एक छोटे से समूह के रूप में देखती थी, जो उनके अनुसार भारत एवं भारत की आम जनता की आकांक्षाओं का प्रतिनिधित्त्व करने में असमर्थ था।

गांधी के कांग्रेस में आने और उसका अध्यक्ष चुने जाने के बाद देश की आम जनता ने लाखों-करोड़ों की संख्या में कांग्रेस से जुड़ना आरंभ कर दिया। साधारण वेश-भूषा एवं व्यवहार वाले गांधी का व्यक्तित्व ऐसा था कि जिससे भारत के लोग उन्हें अपने में से एक के रूप में देखते थे और गांधी आम गरीब किसान और मजदूर जनता के मुद्दों को राष्ट्रीय मंच पर उठाते भी थे। गांधी मात्र आजादी के नेता नहीं थे, बल्कि जन-जन के नेता थे; क्योंकि वे गरीब निर्धन भारतवासियों की समस्याओं को बड़े-से-बड़े मंच पर उठाते थे। जहाँ अन्य नेताओं में आगे सत्ता एवं अधिकार पाने का लोभ था वहीं गांधी आम जनता के सशक्तीकरण में विश्वास रखते थे।

चंपारण और खेड़ा का आंदोलन—गांधी ने अपने अहिंसा और असहयोग आंदोलनों के प्रयोग से 'सत्याग्रह' शब्द को परिभाषित किया। चंपारण और खेड़ा में अंग्रेजों द्वारा गरीब किसानों और मजदूरों पर अत्याचार किया जा रहा था। चंपारण में किसानों को अंग्रेजों के द्वारा निर्धारित मात्र एक ही फसल उगाने की अनुमति थी और जिसे उन्हें अंग्रेजों को कम दाम में

बेचना अनिवार्य था। वे अपनी इच्छा एवं आवश्यकता के अनुसार फसल नहीं उगा सकते थे। मात्र एक किसान के उनसे सहायता करने के निवेदन पर गांधी ने चंपारण के किसानों के बीच स्वयं जाकर आंदोलन किया और उन्हें उनके अधिकार दिलवाए। इससे उनकी ख्याति जनसाधारण में और बढ़ गई।

(चंपारण आंदोलन के समय की गांधी की तसवीर)

खेड़ा में सूखा पड़ा हुआ था और गरीब किसान भूखे मर रहे थे। किंतु अंग्रेज सरकार फिर भी किसानों से कर वसूल कर रही थी, जिसे चुकाने में वे असमर्थ थे। अंग्रेज सरकार कर न देने की हालत में किसानों की जमीन हड़पने की धमकी दे रही थी। गांधी जाकर वहाँ के किसानों के बीच रहे। असहयोग आंदोलन के अंतर्गत उन्होंने सब किसानों से इस ऐलाननामे पर हस्ताक्षर लिये, जिसमें लिखा गया था कि बेशक अंग्रेज सरकार किसानों की जमीन हड़प ले अथवा उन्हें हिरासत में ले लें, किंतु वे कर नहीं देंगे। आंदोलन को दबाने की मंशा से अंग्रेजों ने बहुत से आंदोलनकारियों को हिरासत में ले लिया, किंतु आंदोलन बंद न हुआ। गांधी के नेतृत्व में किसान अपनी माँगों पर अड़े रहे और अंत में अंग्रेजों को गांधी की बात माननी पड़ी और सूखा रहने तक उस इलाके के किसानों का कर माफ कर दिया गया। जिन आंदोलनकारियों को गिरफ्तार किया गया था, उन्हें भी रिहा कर दिया गया। इससे गांधी समूचे भारतवर्ष की आम जनता में विख्यात हो गए। खेड़ा आंदोलन में ही गांधी के प्रोत्साहन से खेड़ा के स्थानीय निवासी वल्लभभाई पटेल एक नेता के रूप में उभरे, जिन्हें बाद में हिंदुस्तानी लौह पुरुष वल्लभभाई पटेल के रूप में जानेंगे। वल्लभभाई पटेल को राष्ट्रीय मंच पर लाने वाले गांधी ही थे।

स्थानीय गरीब किसानों और मजदूरों की आवाज बनकर गांधी समूचे भारत के आम लोगों के नायक बन गए।

खिलाफत आंदोलन—उस समय के तुर्की देश (ओटोमन साम्राज्य) में एक आजादी अथवा खिलाफत का आंदोलन चल रहा था और भारत के मुसलमान भी उस आंदोलन के समर्थक थे। गांधी पहले हिंदू नेता बने, जिन्होंने तुर्की के खिलाफत आंदोलन का समर्थन किया। इससे वे भारत के मुसलिम समुदाय के भी चहेते बन गए और उन्हें जगह-जगह मुसलिम समाज के आयोजनों में भी बुलाया जाने लगा।

अहिंसात्मक आंदोलन के सिद्धांत के कारण वे इंग्लैंड में वहाँ के लोगों के भी प्रिय होते जा रहे थे। आगे चलकर अंग्रेजी जनसाधारण का यह समर्थन भी भारत की आजादी में एक बड़ा योगदान देने वाला था। आनेवाले समय में

भारत में अंग्रेजों की सेना और सरकार होने को अंग्रेज जनसाधारण का समर्थन भी जाता रहेगा। अंग्रेजों के भारत छोड़ने के पीछे इंग्लैंड की जनता की भारत की आजादी के पक्ष में राय होने का भी एक बड़ा योगदान था।

ध्यान देने वाली बात है कि मेरे विचार से यदि गांधी हिंसा का रास्ता चुनते तो उस हिंसा में भारतीय क्रांतिकारियों के हाथों अंग्रेजी सैनिकों के मारे जाने से स्वाभाविक था कि अंग्रेजी जनसंख्या अपनी अंग्रेजी फौज का ही समर्थन करती और अंग्रेजी सेना को सन् 1857 के समान एक बड़ा नरसंहार करने का बहाना एवं समर्थन मिल जाता, जिसमें न जाने कितने साधारण गरीब भारतीयों को अपनी जान गँवानी पड़ती। गांधी इस बात को समझते थे। अहिंसा का रास्ता चुनकर गांधी ने लाखों भारतीयों को एक हिंसात्मक आंदोलन में मारे जाने से बचा लिया।

साधारणत: राजनैतिक महत्त्वकांक्षाएँ रखनेवाले नेता अपने युवाओं के हाथ में बंदूक, लाठी और पत्थर पकड़ा देते हैं, क्योंकि उनको मात्र सत्ता पाने की परवाह होती है, अपने युवाओं के मारे जाने की चिंता नहीं होती। कश्मीर में और देश के अन्य भागों में ऐसे मौकापरस्त नेता आज भी मौजूद हैं। गांधी में सत्ता पाने का लोभ नहीं था। वे चाहते थे कि न तो भारतीय युवक मारे जाएँ और न ही अंग्रेज सेना के भारतीय सिपाही। अंग्रेजों के साथ लड़ाई में दोनों ओर से मात्र भारतीय ही मारे जाते।

□

10

भगत सिंह की आजादी की लड़ाई

सन् 1923 में भगत सिंह ने नेशनल कॉलेज, लाहौर में प्रवेश पाया। यहाँ उन्होंने कई गतिविधियों में भाग लिया जैसे ड्रामा/नाटक, लेख एवं वाद-विवाद प्रतियोगिताएँ इत्यादि। उन्होंने कई पुरस्कार भी जीते।

वे पंजाब के लोगों की समस्याओं के बारे में निरंतर लिखते रहते। वे पंजाबी, हिंदी, उर्दू और अंग्रेजी भाषा में महारत रखते थे।

(मेरे पास बहुत से छात्र आते हैं और अंग्रेजी न सीख पाने की अपनी कठिनाई साझा करते हैं। तब मैं उन्हें भगत सिंह का उदाहरण देता हूँ और उन्हें बताता हूँ—"सोचो आज से 100 वर्ष पूर्व पंजाब के एक छोटे से गाँव में जनमे भगत सिंह जब 4 भाषाओं में महारत प्राप्त कर सकते हैं तो आज के युग में जनमे तुम, जिन्हें इतनी सुविधाएँ भी उपलब्ध हैं, क्यों नहीं सीख सकते। सब प्रयास और परिश्रम की बात है।)

भगत सिंह गरम दल अथवा उग्र विचारधारा के समर्थक थे। वे हथियार उठाकर अंग्रेजों से लड़ना चाहते थे, जैसे कि अधिकतर युवा साधारणतः चाहते भी हैं और फिर भगत सिंह तो थे ही क्रांतिकारी परिवार से, जिसे अंग्रेजों के अन्याय एवं अत्याचार का सामना करना पड़ा था। इसी उद्देश्य से सन् 1926 में उन्होंने 'इंडियन सोशलिस्ट यूथ आर्गेनाइजेशन' अथवा 'नौजवान भारत सभा' का गठन किया।

उन्होंने 'हिंदुस्तान रिपब्लिकन एसोसिएशन' भी ज्वॉइन की, जिसके

प्रमुख नेताओं में चंद्रशेखर आजाद, अशफाक उल्ला खान और रामप्रसाद बिस्मिल भी शामिल थे। भगत सिंह साम्यवादी विचारधारा में विश्वास रखते थे और वे और उनके साथी रूस की भाँति भारत को एक साम्यवादी देश बनाना चाहते थे।

(नेशनल कॉलेज, लाहौर में खींचा गया भगत सिंह का एक दुर्लभ चित्र। इसमें भगत सिंह खड़े हुए छात्रों में दाहिने से तीसरे नंबर पर सफेद कोट और सफेद पगड़ी पहने देखे जा सकते हैं।)

अंग्रेजी प्रशासन भगत सिंह की गतिविधियों को शक की नजर से देख रहा था। सन् 1927 में उन्हें सन् 1926 में लाहौर में हुए एक धमाके में शामिल होने के झूठे आरोप में हिरासत में लेकर जेल भेज दिया गया। जेल में अधिकारियों ने उन्हें बहुत सी धमकियाँ दीं कि यदि उन्होंने अपना अपराध स्वीकार नहीं किया और अपने साथियों का नाम नहीं बताया तो वे उन्हें फाँसी की सजा दिलवा देंगे और यदि उन्होंने अपना अपराध स्वीकार कर लिया और अपने साथियों के नाम बता दिए तो उन्हें रिहा कर दिया जाएगा।

भगत सिंह इस भय और प्रलोभन से कतई विचलित नहीं हुए। उन्होंने कहा कि "मैं इतना दुराचारी और मूर्ख नहीं हूँ कि अपने देश के गरीब निर्दोष लोगों के ऊपर बम फेंकूँ। लाहौर धमाके में आम लोगों के ऊपर बम फेंका गया था, उसमें मेरा और मेरे मित्रों का कोई हाथ नहीं था।"

अंग्रेजों की प्रताड़नाओं और प्रलोभनों की उन पर एक न चली। बाद में एक जमानत की राशि जमा करवाकर वे जेल से आजाद हो गए।

सन् 1928 में अंग्रेजी प्रशासन ने भारत की राजनैतिक परिस्थिति का आकलन करने के लिए 'साइमन कमीशन' का गठन किया, किंतु साइमन कमीशन में मात्र अंग्रेज ही थे, कोई भी हिंदुस्तानी नहीं था। अतः भारत में साइमन कमीशन का जमकर विरोध हो रहा था।

भगत सिंह की नौजवान 'भारत सभा' ने साइमन कमीशन के विरोध में लाहौर में एक शांतिपूर्ण जनप्रदर्शन का आयोजन किया। इस आंदोलन का प्रतिनिधित्व वरिष्ठ कांग्रेसी नेता लाला लाजपत राय कर रहे थे। अंग्रेजी प्रशासन ने भीड़ पर लाठीचार्ज का आदेश दे दिया। इस लाठी चार्ज में बहुत से लोग जख्मी हुए और लाला लाजपत राय के सिर पर गंभीर चोटें आईं। जिसके कारण इसके कुछ दिन बाद लाला लाजपत राय का निधन हो गया।

भगत सिंह इस घटना से बहुत क्षुब्ध हुए। क्योंकि इस आंदोलन का आयोजन उनकी संस्था ने किया था तो लाला लाजपत राय की मृत्यु के प्रतिशोध के लिए वे स्वयं को उत्तरदायी मानते थे। उन्हें लगता था कि लाला लाजपत राय की मृत्यु का बदला लेने का उत्तरदायित्व उनका स्वयं का है।

उन्होंने योजना बनाकर अपने सहक्रांतिकारियों शिवराम राजगुरु, सुखदेव थापर और चंद्रशेखर आजाद के साथ मिलकर एक उच्च अंग्रेज पुलिस अधिकारी जॉन सांडर्स (उनके अनुसार जिसने प्रदर्शनकारियों पर लाठीचार्ज का आदेश दिया था) की हत्या कर दी। यह एक खतरनाक मिशन था, क्योंकि भगत सिंह और उनके साथियों को लाहौर के पुलिस मुख्यालय में जाकर इस मिशन को अंजाम देना था, जहाँ पुलिस बल की संख्या बहुत अधिक थी।

इस वाकये में भगत सिंह के सांडर्स पर गोली चलाकर भागते समय चंद्रशेखर आजाद को एक भारतीय पुलिस सिपाही चनन सिंह पर गोली चलानी पड़ी, क्योंकि अन्यथा वो वहाँ से भागते हुए भगत सिंह पर गोली चलाने वाला था और ऐसा होने से भगत सिंह की मृत्यु हो जाती। चंद्रशेखर आजाद की चलाई गोली से चनन सिंह की मृत्यु हो गई।

यद्यपि गांधी ने इस हिंसा का विरोध किया, जवाहरलाल नेहरू ने भगत सिंह के पक्ष में लिखा और कहा कि भगत सिंह की जनसाधारण में प्रसिद्धि का कारण उनका हिंसा का रास्ता चुनना नहीं, बल्कि यह है कि भगत सिंह भारतवासियों की अंग्रेजों द्वारा अत्याचार सहने की हताशा भरी भावनाओं के प्रतीक हैं, जिन्हें हथियार उठाकर इस अन्याय के विरुद्ध लड़ना उचित लगता है। भगत सिंह की ख्याति बढ़ने लगी और जनसाधारण में भगत सिंह पर लिखे गीत भी प्रसिद्ध होने लगे।

भगत सिंह का लाहौर से बच निकलना—भगत सिंह और राजगुरु इस घटना के बाद लाहौर के एक घर में छुपे हुए थे और अंग्रेज पुलिस जोर-शोर से उनकी खोज में जुटी हुई थी। समूचे लाहौर शहर को बंद कर दिया गया था और घर-घर तलाशी ली जा रही थी। शहर से बाहर जानेवाले सभी रास्तों पर और रेलवे स्टेशन पर नाकेबंदी कर दी गई थी। ऐसे में वहाँ से भाग कर निकलना असंभव सा प्रतीत हो रहा था। यदि अंग्रेज पुलिस भगत सिंह को पकड़ लेती तो अवश्य उनकी हत्या कर दी जाती।

ऐसे में भगत सिंह के बच निकलने की कथा बड़ी रोचक है।

(केश और दाड़ी काट कर एक पश्चिमी वेशभूषा वाले व्यक्ति के रूप में भगत सिंह की तसवीर)

ऐसे में सुखदेव ने दुर्गावती देवी (जो एक और क्रांतिकारी भगवती चरण वोहरा की पत्नी थीं) के साथ मिलकर योजना बनाई। भगत सिंह ने अपनी दाढ़ी और बाल काट कर और अंग्रेजी टोपी और कपड़े पहनकर एक पश्चिमी वेश-भूषा वाले व्यक्ति का रूप धर लिया।

दुर्गावती देवी और उनके नवजात बच्चे के साथ वे एक पश्चिमी पति-पत्नी के रूप में घर से निकले। राजगुरु उनके साथ एक सहायक नौकर के रूप में चल रहे थे। लाहौर स्टेशन से उन्होंने भटिंडा होते हुए कानपुर के लिए ट्रेन पकड़ी। यद्यपि स्टेशन पर हर आने-जानेवाले व्यक्ति पर नजर रखी जा रही थी, भगत सिंह अपनी अंग्रेजी की जानकारी के कारण सहज ही स्वयं को एक पश्चिम सभ्यता वाले व्यक्ति के रूप में प्रस्तुत कर सके और उन्होंने टिकट खरीद लिये।

(उस समय की भगत सिंह की एक वास्तविक तसवीर)

क्योंकि कलकत्ता शहर में लाहौर से सीधे आनेवाले यात्रियों पर नजर रखी जा रही थी, अतः वे लोग सीधे कलकत्ते जाने के बजाय कानपुर

उतरकर लखनऊ चले गए। लखनऊ से वे लोग एक-दूसरे से अलग हो गए और राजगुरु बनारस चले गए और भगत सिंह और दुर्गावती देवी कलकत्ता चले गए।

इस तरह भगत सिंह अंग्रेजों द्वारा मारे जाने से बच गए।

(भगत सिंह और उनके सहक्रांतिकारी फोटो नहीं खिंचवाते थे, क्योंकि वे फोटो अंग्रेजों के हाथ लग जाने से अंग्रेजों का उनको ढूँढ़ना आसान हो जाता। अत: भगत सिंह के अधिकतर प्रचलित चित्र काल्पनिक हैं। इसीलिए मैंने प्रयास किया है कि उनके वास्तविक चित्र को भी आपके साथ साझा करूँ, जिससे आप वास्तविक भगत सिंह को देख सकें। अगले पृष्ठ पर आनेवाला चित्र भी भगत सिंह का वास्तविक चित्र है।)

□

11

गांधी का असहयोग आंदोलन और पूर्ण स्वराज की माँग

सन् 1909 में अपनी लिखी पुस्तक 'हिंद स्वराज' में गांधी ने लिखा कि उनका मानना यह था कि भारत में अंग्रेजी साम्राज्य भारतीयों की सहायता एवं सहयोग से ही स्थापित हुआ था और यदि सभी भारतीय अपना सहयोग अंग्रेजी सरकार से हटा लें तो अंग्रेजी साम्राज्य खुद को कायम नहीं रख पाएगा और धराशायी हो जाएगा। यह सोच गणित के उस फॉर्मूले की तरह थी कि यदि A में B मिलाने से C आता है तो C में से B हटाने पर वापस A आ जाएगा। असहयोग आंदोलन गांधी का एक क्रांतिकारी आविष्कार था, जिसका विचार इससे पहले किसी नेता के मन में नहीं आया था।

सन् 1919 में जब अंग्रेजों ने भारत में 'रॉलेट ऐक्ट' लागू करने का निर्णय लिया (इस ऐक्ट के लागू होने से अंग्रेजी सरकार को किसी भी भारतीय को अकारण गिरफ्तार करने और जेल भेज देने का अधिकार मिल जाता) तो गांधी ने भारत के अंग्रेज वायसराय को चेताया कि यदि उन्होंने यह ऐक्ट लागू किया तो वे भारत के जनसाधारण में पूर्ण असहयोग आंदोलन का आह्वान कर देंगे।

वायसराय (भारतीय प्रशासन के अंग्रेज अध्यक्ष को उस समय वायसराय कहा जाता था) ने गांधी की इस चेतावनी को अनसुना कर 'रॉलेट ऐक्ट' लागू कर दिया।

इस पर गांधी ने पूर्ण असहयोग आंदोलन की घोषणा कर दी। उन्होंने

अपने समर्थकों और सारे भारतवासियों से आह्वान किया कि वे इंग्लैंड में बनी किसी भी वस्तु का प्रयोग न करें, सब अंग्रेजी कपड़ों और वस्तुओं को जला दें और मात्र स्वयं बनाए अथवा भारत में बने खादी वस्त्र ही पहनें। इस तरह खादी हमारे स्वतंत्रता संग्राम की ऐसी पहचान बन गई कि अब तक भी देश के लीडर और समाजसेवी खादी पहनते हैं। आज तो खादी वस्त्रों की पूरे विश्व में माँग है। खादी को ऐसे स्थान और पहचान तक लाने वाले गांधी ही थे।

(चर्खा कात कर खादी बनाते गांधी की वास्तविक तसवीर)

गांधी ने यह भी आह्वान किया कि कोई भारतीय अंग्रेजों की नौकरी न करें। इस पर बहुत से भारतीय मूल के छोटे-बड़े पद पर काम कर रहे सरकारी कर्मचारियों ने अपने पद से इस्तीफा दे दिया। अंग्रेजों को पता था कि यदि सब भारतीय कर्मचारी और सैनिक इस्तीफा दे दें तो अंग्रेजों की सरकार एक दिन भी नहीं टिक सकती थी।

स्वयं के सिद्धांतों का स्वयं सबसे बेहतर उदाहरण बनकर गांधी ने प्रण लिया कि वे मात्र स्वयं चरखे में कात कर बनाया खादी ही पहनेंगे और मात्र उतने कपड़े पहनेंगे, जितने भारत के गरीब-से-गरीब के पास हों। उनका यह

किस्सा भी जगप्रसिद्ध है कि जब एक छोटे बच्चे ने उनसे कहा कि मेरी माँ आपके लिए कुरता सी देगी तो गांधी ने कहा कि इस भारत देश के लोग मेरे भाई-बहन हैं और जब तक इन सबके पास कुरता नहीं होगा, तब तक मैं भी कुरता नहीं पहनूँगा।

इस असहयोग आंदोलन के कारण कई बार ऐसा भी हुआ कि भीड़ ने तोड़-फोड़ की और कुछ पुलिस वालों की हत्या भी हो गई। इस बात पर इस हिंसक व्यवहार को रोकने के लिए गांधी ने आमरण अनशन भी किया और कुछ नहीं खाया। किंचित् गांधी को यह पता था कि यदि इस आंदोलन ने हिंसक रूप ले लिया तो अंग्रेजी प्रशासन सैन्य कार्रवाई करेगा और उसमें हजारों-लाखों मासूम और गरीब हिंदुस्तानियों को जान से हाथ धोना पड़ेगा। और दूसरी ओर अंग्रेजों के अधिकतर पुलिसकर्मी हिंदुस्तानी ही थे। हिंसा भड़कने से दोनों ओर हिंदुस्तानी ही मारे जाते।

जहाँ हम देखते हैं कि कोई भी राजनेता अपने आंदोलन में मरने वालों की परवाह नहीं करता, बल्कि उन्हें और अधिक हिंसक होने के लिए उकसाता है, क्योंकि उसे लोगों के मारे जाने से अधिक सत्ता पाने की भूख होती है, वहीं गांधी नहीं चाहते थे कि उनके अपने आंदोलन में कोई भी मारा जाए, क्योंकि उन्हें सत्ता की भूख नहीं; बल्कि अपने लोगों की चिंता थी।

गांधी एक ऐसे नेता नायक थे, जिनके साथ हिंदू, मुसलिम, सिख, अमीर, गरीब भारत के सभी वर्गों के लोग जुड़े हुए थे। उनके साथ सदा लाखों-करोड़ों का जनसमूह रहता था। अंग्रेज भी इस जनशक्ति को मानने लगे थे। हजार-दो हजार की भीड़ पर तो गोलियाँ चलाई जा सकती हैं, किंतु लाखों की भीड़ पे गोली या लाठी चलाने की हिम्मत तो अंग्रेजों के पास भी नहीं थी।

चौरी-चौरा घटना—चौरी-चौरा नाम का स्थान वर्तमान उत्तर प्रदेश के गोरखपुर जिले में है। सन् 1922 में यहाँ एक प्रदर्शन के दौरान पुलिस के गुस्साई भीड़ पर गोली चला देने से उस भीड़ ने पुलिस स्टेशन का घेराव कर आग लगा दी। जिसमें वहाँ मौजूद सभी 23 पुलिसवाले जो भारतीय ही थे (कोई अंग्रेज नहीं थे) जल के मर गए। यह भीड़ की बहुत क्रूर हरकत

थी। थाने के अंदर निर्दोष चाय देने वाले चपरासी और सफाई कर्मचारी भी जलकर मर गए।

इस घटना से क्षुब्ध होकर गांधी ने पश्चात्ताप के लिए 5 दिन का उपवास रखा। और उन्होंने असहयोग आंदोलन को अस्थायी रूप से स्थगित कर दिया, जिससे ऐसी और हिंसक घटनाओं को होने से रोका जा सके। गांधी के असहयोग आंदोलन को स्थगित कर देने से भगत सिंह सहित बहुत से लोग उनसे नाराज थे, क्योंकि उन्हें लगता था कि आंदोलन जोर पकड़ने लगा था। किंतु गांधी जानते थे कि लाखों की भीड़ को यदि हिंसा के लिए उकसा दिया गया तो भयंकर विनाश हो सकता है और दंगे हो सकते हैं; क्योंकि गुस्साई भीड़ पर नियंत्रण करना किसी के भी बस की बात नहीं थी।

गांधी ये जानते थे कि हिंसा के भड़कने से दोनों तरफ भारतीय लोग ही मारे जाते, क्योंकि फौज और पुलिस में भी भारतीय सैनिक ही थे। अंग्रेज तो मात्र चंद अधिकारी ही थे।

गांधी के असहयोग आंदोलन के रहते अंग्रेजी साम्राज्य की अर्थव्यवस्था चरमराने लगी। बहुत से भारतीयों ने अंग्रेजी नौकरियाँ छोड़ दीं। उससे बहुत अधिक ने इंग्लैंड में बनी वस्तुओं का बहिष्कार कर दिया। अंग्रेजों का अधिकतर व्यवसाय भारत से कच्चा माल खरीद कर इंग्लैंड ले जाने पर और वहाँ से उसी कच्चे माल से बनी वस्तुएँ भारत लाकर भारतीयों को कई गुना दाम पर बेच देने पर ही निर्भर था। जब भारतीयों ने अंग्रेजी वस्तुओं का बहिष्कार कर दिया तो अंग्रेजों की कमाई का मुख्य साधन भी जाता रहा।

मार्च 1922 में गांधी को गिरफ्तार कर लिया गया और उन्हें 6 वर्ष के कारागार की सजा मिली। गांधी अपने कुशल नेतृत्व से देश को और कांग्रेस को एक सूत्र में जोड़े हुए थे। गांधी के जेल में इतने लंबे समय तक रहने से उनके पीछे से विचारों के मतभेद के रहते कांग्रेस का विभाजन हो गया। एक पक्ष अंग्रेजों के नीचे रहकर अधिकार चाहता था और एक पक्ष पूर्ण स्वराज। बहुत से मुसलिम नेताओं ने भी कांग्रेस को छोड़कर अपने अलग दल बनाना शुरू कर दिया।

दो वर्ष के बाद सन् 1924 में गांधी की तबीयत बिगड़ने के कारण (उनका अपेंडिक्स का ऑपरेशन भी हुआ था) जेल से रिहा कर दिया गया। गांधी फिर अपने असहयोग आंदोलन में पूरी तत्परता से जुड़ गए।

सन् 1928 की कलकत्ता कांग्रेस में गांधी ने अंग्रेज सरकार को चेतावनी दी कि या तो वे तुरंत भारत को 'डोमिनियन स्टेटस' अर्थात् देश चलाने का अधिकार दें अन्यथा पूर्ण स्वराज के लिए देश भर में असहयोग आंदोलन चलाया जाएगा और इस आंदोलन के प्रभाव को झेलने के लिए अंग्रेज सरकार तैयार रहे।

अंग्रेजी सरकार ने गांधी की इस चेतावनी को अनसुना कर दिया और गांधी का असहयोग आंदोलन आगे बढ़ता रहा। 26 जनवरी, सन् 1930 को गांधी की अगवाई में कांग्रेस ने लाहौर में पहली बार भारत का झंडा लहरा दिया और इस दिन को भारत के स्वतंत्रता दिवस के रूप में घोषित कर दिया।

(26 जनवरी, 1930 के लाहौर अधिवेशन की तसवीर)

भगत सिंह और सुभाष चंद्र बोस गांधी के विचारों से असहमत थे। उन्हें लगता था कि इस तरह मात्र असहयोग आंदोलन कर आजादी पाने में बहुत समय लग जाएगा। वहीं गांधी समझते थे कि इस लंबे और कठिन संघर्ष के कारण भारत के लोगों में एकता, देशप्रेम और चरित्र का निर्माण हो रहा है, जो स्वतंत्रता के पश्चात् भारत के नवनिर्माण के लिए अत्यंत सहायक सिद्ध होगा।

उनका मानना था कि यदि हमने जल्दबाजी में आजादी पाई तो संभावना थी कि हम अलग–अलग दल बना देश में स्वामित्व के लिए आपस में ही लड़ने लग जाएँ। इसका उदहारण हम पाकिस्तान में देख सकते हैं, जहाँ बिना किसी तैयारी के उन्होंने जल्दबाजी में अलग देश बनाया तो वे आपस में भी मिल के नहीं रह सके और ऐसे में सेना ही शासन करने लग गई।

"धीरे–धीरे रे मना, धीरे सबकुछ होए। माली सींचत सौ घड़ा, तब जाए फल होए।।"

अथवा

"सहज पके सो मीठा होए।"

□

12

गांधी–दांडी यात्रा से आजादी तक

अंग्रेज सरकार ने नमक पर टैक्स लगा रखा था। अंग्रेज सरकार के इस अन्याय से गांधी क्षुब्ध थे। नमक भोजन का एक बहुत आवश्यक अंग होता है और यह लगभग निःशुल्क ही प्रकृति में बड़ी मात्रा में उपलब्ध होता है। ऐसे में नमक पर टैक्स लगाना अंग्रेज सरकार की भारत की आम गरीब जनता पर ज्यादती थी।

गांधी ने निर्णय लिया कि वे इस अन्याय के विरुद्ध सत्याग्रह करेंगे। इसी इरादे से 12 मार्च, सन् 1930 को गांधी अपने समर्थकों के साथ गुजरात राज्य के अहमदाबाद से लगभग 400 किमी. दूर दांडी नामक स्थान तक पैदल चलकर गए। इस यात्रा में हजारों लोगों ने उनका साथ दिया।

(400 किलोमीटर की दांडी यात्रा तय करते गांधी और उनके सहयोगियों की तसवीर)

6 अप्रैल (गरमी के मौसम में 400 किमी. की पदयात्रा) को यह अपार जनसमूह दांडी पहुँचा और गांधी ने झुक कर अपनी मुट्ठी में एक मुट्ठी नमक उठाया। इस दांडी यात्रा की जनसाधारण में प्रसिद्धि ने अंग्रेज सरकार को हिला कर रख दिया। इसके बाद अंग्रेज सरकार ने लगभग 60000 भारतीयों को कानून तोड़ने के जुर्म में गिरफ्तार कर जेल में डाल दिया। गांधी ने कोई नमक की फैक्टरी नहीं लगाई थी, मात्र एक मुट्ठी नमक उठाया था। गांधी और भगत दोनों सांकेतिक कृत्यों के महत्त्व को जानते थे। मैं अपने छात्रों से सदैव कहता हूँ कि अधिक बेशक मत करो, किंतु थोड़ा जरूर करो।

(दांडी नामक स्थान पर झुककर जमीन से एक मुट्ठी नमक उठाते गांधी की तसवीर)

गांधी इस समय तक जनसाधारण के लिए महात्मा बन चुके थे। भगत सिंह के समान उनके ऊपर भी लोक गीत और नाटक लिखे जाते। जनसाधारण में उनकी ख्याति एक मसीहा के रूप में फैलने लगी थी। उन्होंने सदैव गरीब और कमजोर किसानों और मजदूरों का साथ दिया, जातिभेद और रंगभेद के वे विरुद्ध थे। हम बार–बार यह देख सकते हैं कि गांधी ने मात्र आजादी की लड़ाई नहीं लड़ी, बल्कि गरीब किसानों और मजदूरों के तत्कालीन अधिकारों के लिए भी लड़ाई लड़ी और उन्हें उनके अधिकार दिलवाए। जहाँ अधिकतर नेता मात्र आजादी पाने के पीछे पड़े थे, वहीं गांधी को लोगों के भले की चिंता अधिक थी।

(गांधी एक सुविधाओं से वंचित साधारण जीवन जीते थे और गरीबों की बात करते थे, अतः जनसाधारण ने उन्हें अपना उचित प्रतिनिधि मानना शुरू कर दिया)

बहुत से आम अंग्रेज लोग भी गांधी को सराहते थे, किंतु वहीं बहुत से अंग्रेज नेता गांधी से नफरत भी करते थे। उस समय के ब्रिटिश प्रधानमंत्री विंस्टन चर्चिल ने अत्यंत आपत्तिजनक और ओछे शब्दों में गांधी के बारे में

लिखा—"मुझे गांधी से नफरत है, यह गद्दार पहले हमारे कॉलेज में पढ़ा और अब हमारे खिलाफ बगावत कर रहा है। मुझे घिन्न आती है, जब मैं इस आधे नंगे फकीर को दिल्ली में वायसराय के महल की सीढ़ियाँ चढ़ते हुए देखता हूँ और इसकी ये मजाल कि ये गंदा, आधा नंगा फकीर हमारे ब्रिटिश साम्राज्य की महारानी से बराबरी की सतह पर बात करना चाहता है!"

सन् 1931 में गांधी को कांग्रेस के एकमात्र नेता के रूप में वार्त्ता करने के लिए इंग्लैंड में आयोजित गोलमेज सम्मलेन में बुलाया गया। किंतु यह वार्त्ता विफल रही, क्योंकि अंग्रेजों ने गांधी की एक भी माँग नहीं मानी। अंग्रेजों ने इस वार्त्ता की विफलता के लिए एक चाल भी चली। उन्होंने गांधी के साथ भारत के कुछ बहुत छोटे समूहों के नेताओं को बराबरी की सतह पर बिठा दिया। ये लोग देश के बड़े नेताओं में से नहीं थे और अपनी बात रखने में असमर्थ थे। वहीं पहले न बात होने के कारण उनका गांधी से कोई तालमेल नहीं था। उनको गांधी के साथ वार्त्ता में स्थान देकर अंग्रेजों ने गांधी का महत्त्व और बोलने का समय कम कर दिया, क्योंकि उन्हें पता था कि गांधी के अधिकतम प्रश्नों का उनके पास कोई जवाब नहीं था।

गांधी की जनसाधारण में प्रसिद्धि को देखकर अंग्रेज सरकार ने फिर गांधी को गिरफ्तार कर लिया। उन्हें लगा कि ऐसा करने से कुछ समय में लोग गांधी को भूल जाएँगे, किंतु अबकी बार जेल में रहते पहले के बनिस्बत गांधी की ख्याति और बढ़ गई।

किंतु जब तक गांधी जेल से रिहा हुए, तब तक भारत में धर्म पर आधारित पार्टी मुसलिम लीग एक बड़ी पार्टी बन चुकी थी। अंग्रेज जाति और धर्म के आधार पर अलग-अलग वोट करने के अधिकार रखना चाहते थे, किंतु गांधी इसके सख्त विरुद्ध थे।

सन् 1942 के बंबई अधिवेशन में गांधी ने 'क्विट इंडिया' अथवा 'अंग्रेजों भारत छोड़ो' का नारा दिया और अंग्रेजों को भारत से निकाल देने का आह्वान किया। पूर्ण असहयोग आंदोलन के साथ अंग्रेजों का भारत में रहना दूभर हो गया।

(विचार–विमर्श करते नेहरू, गांधी और वल्लभभाई पटेल की वास्तविक तसवीर)

सन् 1942 में 73 वर्ष की आयु में गांधी को फिर गिरफ्तार करके जेल भेज दिया गया। इस कारावास के दौरान उनके घनिष्ठ मित्र और साथी महादेव देसाई और उनकी पत्नी कस्तूरबा की मृत्यु हो गई। दो वर्ष जेल में बिताने के बाद सन् 1944 में गांधी को जेल से रिहा कर दिया गया।

मोहम्मद अली जिन्ना, जो अब तक मुसलिम लीग के एक कद्दावर नेता बन चुके थे, भारत के विभाजन की पैरवी कर रहे थे। वे मुसलामानों के लिए एक अलग देश बनाना चाहते थे। उनकी यह माँग इतनी अजीब थी, क्योंकि हिंदू और मुसलमान तो देश के कोने–कोने में रहते थे और भारत में उनको अलग करना इतना असंभव काम था, जैसे दूध और पानी को अलग करना। उनकी इसी जिद्द के कारण करोड़ों लोगों को अपना घर छोड़कर हजारों मील दूर पैदल जाना पड़ने वाला था।

गांधी निरंतर जिन्ना से पत्राचार और बातचीत करते रहते। किंतु वे जिन्ना को मना न पाए। जिन्ना ने धमकी दी थी कि यदि मुसलामानों के लिए अलग देश नहीं बनाया गया तो हिंदुओं और मुसलामानों के बीच 'सिविल–वॉर' अथवा गृहयुद्ध छिड़ जाएगा और जो कई दशकों तक खिंच सकता है, जिसमें

लाखों लोगों की जानें जा सकती हैं और यह भारतवर्ष को तबाह कर देगा। गांधी के यह कहने पर कि वे नेहरू को प्रधानमंत्री न बनने और जिन्ना को प्रधानमंत्री बनाने के लिए मना लेंगे, पर भी जिन्ना नहीं माने।

(जिन्ना को मनाने का प्रयास करते गांधी की तसवीर)

(ध्यान में रखनेवाली बात है कि जिन्ना के साथ सब मुसलमान नहीं थे, अपितु बहुत से मुसलिम संस्था और लीडर उनके इस निर्णय के विरुद्ध थे, क्योंकि उन्हें पता था कि भारत का विभाजन वास्तव में मुसलमानों का 3 भाग में विभाजन था। ऐसा करने से भारतीय उप–महाद्वीप के मुसलमान 3 हिस्सों में बँट जाते और राजनैतिक रूप से एक लोकतंत्र में अपनी बात रखने और मनवाने की उनकी योग्यता और कम हो जाती। किंतु राजनैतिक अवसरवाद

का लाभ उठाकर जिन्ना ने अपनी बात मनवा ली। मेरे अनुसार जिन्ना का यह निर्णय हिंदू विरोधी नहीं था, बल्कि मुसलिम विरोधी था। उनके इस निर्णय का नुकसान भारतीय उपमहाद्वीप का मुसलमान समाज लंबे समय तक उठाता रहेगा।)

(मुसकराते गांधी की एक प्रसिद्ध तसवीर)

□

13

भगत सिंह–अंतिम मिशन

गांधी के समान ही भगत सिंह की ख्याति भी उन पर लिखे गीतों के द्वारा भारत के बच्चे-बच्चे तक पहुँच रही थी। किंतु भारत में गांधी के अहिंसापूर्ण असहयोग आंदोलन के मानने वाले अधिक थे। ऐसे में भगत सिंह और उनके साथी स्वयं को अवश्य अकेला पाते होंगे। जब अधिकतर देशवासी गांधी के शांतिपूर्ण आंदोलन के पीछे खड़े थे, तब उन परिस्थितियों में भगत के लिए हथियारबंद विद्रोह का विकल्प चुनना आसान नहीं रहा होगा।

"क्षमा सुहाती उस भुजंग को जिसके पास गरल हो।"

भारत के स्वतंत्रता संग्राम में अंग्रेजों के लिए यह जानना भी आवश्यक था कि भारत में मात्र अहिंसात्मक आंदोलन की क्षमता ही नहीं थी, बल्कि भारत में हथियार उठाकर लड़ने की योग्यता रखनेवाले नौजवान भी बहुत थे। भगत सिंह और सुभाषचंद्र बोस जैसे नायकों का यही योगदान था कि अंग्रेज सचेत रहें और यदि उन्होंने शांतिपूर्ण तरीके से भारतीयों को उनके अधिकार नहीं दिए तो वे लड़कर भी अपने अधिकार छीन लेने की योग्यता रखते हैं।

अंग्रेज जानते थे कि यदि भारतीय जनता का विश्वास शांतिपूर्ण आंदोलन पर से उठ गया तो देश में लाखों भगत सिंह जन्म लेंगे और ऐसा होने पर उसका भारी नुकसान अंग्रेजों को भी उठाना पड़ेगा।

जैसे कि पंजाबी का एक मुहावरा है—"साड्डा हक, ऐथे रख।"

भगत सिंह काकोरी घटनाक्रम में शहीद हुए राम प्रसाद बिस्मिल के

ऊपर बने नाटकों और अन्य नाटकों के द्वारा नौजवानों में देशभक्ति का जोश भरते रहते। उन्हें आभास हो रहा था कि कुछ ऐसा बड़ा करने की आवश्यकता है, जिससे एक बड़े मंच पर यह बात रखी जा सके।

भगत सिंह ने अपने साथियों के समक्ष यह प्रस्ताव रखा कि वे केंद्रीय विधानसभा में एक धुएँ वाले बम से विस्फोट करेंगे और भागने के बजाय, वहीं खड़े होकर नारेबाजी करते हुए खुद को कानून के हवाले कर देंगे। उस बम से कोई मारा नहीं जाएगा, किंतु जब उन पर मुकदमा चलाया जाएगा तो यह देश-विदेश की खबर बनेगी और उन्हें अपनी बात जनता तक पहुँचाने का अवसर मिल जाएगा।

यद्यपि उनके साथी इस प्लान पर सहमत थे, किंतु वे भगत सिंह के स्वयं इस मिशन में हिस्सा लेने के विरुद्ध थे; क्योंकि उन्हें पता था कि यदि भगत सिंह गिरफ्तार हुए तो पहले हुई पुलिस अधिकारी सांडर्स की हत्या में उनके शामिल होने के कारण उन्हें फाँसी की सजा दे दी जाएगी।

किंतु भगत सिंह स्वयं इस मिशन पर जाना चाहते थे। उनका कहना था—

1. दूसरों को इस मिशन पर भेजकर वे दूसरे की जान को खतरे में नहीं डाल सकते थे।

2. उनका मानना था कि यह मिशन उनका सुझाव था और यदि वे स्वयं इस मिशन में हिस्सा नहीं लेकर यदि किसी और को खतरे के मुँह में भेज देंगे तो यह उनकी कायरता ही होगी।

3. भगत सिंह की प्रसिद्धि के कारण उनके गिरफ्तार होने से ही यह बात जन-जन तक पहुँच पाती। अन्यथा तो लाखों कैदी अंग्रेजों की जेलों में पहले से ही कैद थे।

4. भगत सिंह वाद-विवाद में बहुत कुशल थे और गिरफ्तार होने के बाद अपना केस स्वयं लड़ने में और जन-जन तक अपनी बात पहुँचाने में योग्य थे।

उनके बहुत हठ करने पर उनके साथियों ने 'हाँ' कह दी। यह मिशन शुरू से ही भगत सिंह के लिए एक आत्मघाती मिशन था और भगत सिंह यह

जानते थे कि इस मिशन के अंत में उनकी मृत्यु होना लगभग तय है।

"कर्मण्येवाधिकारस्ते मा फलेषु कदाचन।
मा कर्मफलहेतुर्भूर्मा ते सङ्गोऽस्त्वकर्मणि॥"

इस संदर्भ में मैं भगत सिंह को महाभारत के वीर अभिमन्यु के समान देखता हूँ। अभिमन्यु यह जानते हुए भी चक्रव्यूह में गया कि यदि उसने ऐसा किया तो वह मारा जाएगा। भगत सिंह का निर्णय भी कुछ ऐसा ही था।

जब भगत सिंह के घरवालों ने उनकी शादी तय करने की बात की तो भगत सिंह एक पत्र छोड़ घर से चले गए। पत्र में लिखा था—

"मेरे लिए मेरे देश की आजादी सबसे बड़ा मकसद है और जब तक मैं उसे हासिल नहीं कर लेता, विवाह के बारे सोचना मेरे लिए अनुचित है।"

8 अप्रैल, सन् 1929 को भगत सिंह और बटुकेश्वर दत्त ने विधानसभा में 2 बम फेंके। इन बमों को विशेष ऐसे बनाया गया था कि किसी की मृत्यु न हो, मात्र आवाज और धुआँ हो। बम फेंकने के बाद भगत सिंह और बटुकेश्वर दत्त भागने के बजाय, वहीं खड़े रहकर 'इनकलाब जिंदाबाद' के नारे लगाते रहे और उन्हें गिरफ्तार कर लिया गया।

उन पर चले मुकदमे में दोनों को उम्र कैद की सजा सुनाई गई।

इसके पश्चात् क्रांतिकारियों द्वारा सहारनपुर और अन्य स्थानों पर चलाए जा रहे बम के कारखाने पकड़े गए और कई क्रांतिकारी गिरफ्तार हो गए। उसके बाद जेल में उन पर हुई प्रताड़ना और टॉर्चर से 1-2 क्रांतिकारियों ने अपना मुँह खोल दिया और अंग्रेजों को यह बता दिया कि लाहौर में हुई अंग्रेज पुलिस अधिकारी सांडर्स की हत्या में भगत सिंह, सुखदेव और राजगुरु का हाथ था।

इस बार उन पर चले मुकदमे में भगत सिंह, सुखदेव और राजगुरु को फाँसी की सजा सुनाई गई।

इस पर जनसाधारण में भयंकर आक्रोश था। जवाहरलाल नेहरू और मोहम्मद अली जिन्ना ने भगत सिंह और अन्य क्रांतिकारियों के पक्ष में लेख लिखे और जवाहरलाल तो स्वयं जाकर भगत सिंह से जेल में मिले।

(भगत सिंह, सुखदेव और राजगुरु की वास्तविक तसवीर)

कम्युनिस्ट पार्टी ऑफ ब्रिटेन ने इंग्लैंड में भगत सिंह और अन्य क्रांतिकारियों के पक्ष में लेख लिखे और उनको दी गई सजा की कठोर निंदा की। कम्युनिस्ट पार्टी ऑफ ब्रिटेन का मानना था कि अंग्रेजों के भारत पर जबरन कब्जे के विरुद्ध लड़ाई लड़ना भगत सिंह और उनके साथियों का अधिकार था और ऐसा करने के लिए उन्हें दंड देना उचित नहीं। कम्युनिस्ट पार्टी ऑफ ब्रिटेन के भगत सिंह का साथ देने का निर्णय इसलिए भी था कि खुद भगत सिंह की पार्टी भी कम्युनिस्ट विचारधारा की पार्टी थी। कम्युनिस्ट अथवा साम्यवाद विश्व में कहीं भी आम गरीब जनता के शोषण के विरुद्ध था, फिर चाहे वो किसी देश में ही क्यों न हो। किंतु देश और विदेश में हो रहे विरोध के बावजूद भी अंग्रेजी सरकार अपने फैसले पर टिकी रही।

यद्यपि गांधी ने भगत सिंह को बचाने के उनके प्रयास का स्वयं वर्णन नहीं किया, किंतु अंग्रेज वायसराय ने लिखा कि गांधी से हुई मेरी मुलाकात में गांधी ने भगत सिंह की सजा की माफी की माँग की थी, किंतु मैंने उन्हें ऐसा करने में अपनी असमर्थता व्यक्त कर दी।

(भगत सिंह और उनके साथियों पर सांडर्स और चनन सिंह की हत्या के आरोप में चले मुकदमे के उपरांत अंग्रेजी न्यायालय के फैसले का एक चित्र)

(अंग्रेज अब तक भी एक कानून का कठोरता से पालन करते हैं कि यदि किसी साधारण व्यक्ति की हत्या हुई हो तो वो फाँसी के बजाय उम्र कैद दे सकते हैं, किंतु यदि किसी वरदीधारी पुलिसकर्मी अथवा सैनिक की हत्या हुई हो तो मात्र मृत्युदंड ही दिया जाता है। यह उनका अपने सैनिकों के प्रति सम्मान है। हमारे देश में ऐसा नहीं है। किंतु मेरा मानना है कि हमारे देश में भी सैनिकों के सम्मान में यह कानून होना चाहिए कि सैनिक की हत्या में मात्र मृत्युदंड होना चाहिए।)

□

भाग-3

भगत सिंह और गांधी–सिद्धांत से शहादत तक

1

महात्मा गांधी की शहादत

देश आजाद हो चुका था। गांधी और अन्य बहुत से नेताओं के भरसक प्रयासों के बाद भी देश के विभाजन को न रोका जा सका। हिंदू और मुसलमान करोड़ों की संख्या में देश के हर कोने में साथ में रहते थे। यदि हम संवेदनशीलता से न भी देखें, तब भी वास्तविकता में न तो उनका पूर्ण विभाजन संभव था और न ही ऐसा संभव था कि उनमें से किसी एक का अस्तित्व मिट सके। फिर भी दोनों ओर के कट्टरवादी इसी विचारधारा से लड़ रहे थे कि वे दूसरे को मिटा देंगे। मिटा तो वे न सके, हाँ, बहुत से निर्दोष लोगों का खून पानी बनकर देश की गली गली में बहा।

देश में लाखों का खून बह चुका था। अधिकतर अनुमानों के अनुसार लगभग 12 से 20 लाख लोगों की जान हिंदू-मुसलिम और सिख-मुसलिम दंगों में जा चुकी थी। गांधी या किसी भी व्यक्ति के लिए यह अनुमान लगाना कठिन होता कि मोहम्मद अली जिन्ना के सिविल वॉर अथवा गृहयुद्ध के होने से अधिक लोग मरते या विभाजन के बाद हुए दंगों में अधिक लोग मरे।

व्यक्तिगत रूप से मेरा यह मानना है कि गृहयुद्ध कई दशकों तक चलता और उसका अंत भी वार्त्ता के किसी मंच पर ही निकाला जाता और उसमें कहीं अधिक लोगों की जान भी जाती और हमारा देश, दुनिया के कई ऐसे देशों की तरह आज भी पिछड़ा हुआ रह जाता, जहाँ आज भी गृहयुद्ध

चल रहे हैं। इस बात पर किसी को भी भिन्न मत रखने का अधिकार है। मुझे किसी के भिन्न मत रखने से कोई आपत्ति नहीं है।

Help the Refugees
AHUJA
Chandni Chowk, Delhi

The Hindustan Times

LARGEST CIRCULATION IN NORTHERN, NORTH-WESTERN AND CENTRAL INDIA

NEW DELHI, FRIDAY, AUGUST 15, 1947

INDIA INDEPENDENT : BRITISH RULE ENDS

CONSTITUENT ASSEMBLY TAKES OVER

MOUNTBATTEN'S APPOINTMENT AS GOVERNOR-GENERAL ENDORSED

COLOURFUL CEREMONY MARKS BIRTH OF NATION

NEW STAR RISES IN THE EAST

LEADERS TELL NATION OF TASKS AHEAD

Governors Sworn In As Free India Is Born

THE PLEDGE

Attlee's Greetings To Nehru

(भारत की स्वतंत्रता प्राप्ति का उस समय के अखबार में वर्णन)

गांधी देश भर में फैली इस हिंसा और खून-खराबे से बहुत दुःखी थे। वे गाँव-गाँव पैदल जाकर लोगों को समझाते। किंतु अब उनके पीछे वह लाखों-करोड़ों की भीड़ नहीं थी। कहा जाता है कि टैगोर ने अपना गीत 'एकला चलो' गांधी के ऊपर ही लिखा था। गांधी को सब जगह अकेले जाना पड़ता। उन्होंने दंगे रोकने के लिए भूख हड़ताल भी की।

हिंदू राष्ट्रवादी देश के विभाजन के लिए गांधी को दोषी ठहराते थे। यहाँ मेरे लिए यह बताना आवश्यक है कि मैं हिंदू राष्ट्रवादियों के विरुद्ध

नहीं हूँ, किंतु उनके कुछ विचारों के विरुद्ध हूँ और यह मेरा अधिकार है। क्या उन्हें मोहम्मद अली जिन्ना की गृहयुद्ध की धमकी याद नहीं। उस समय के हिंदू राष्ट्रवादियों का तो कहा जा सकता है कि किंचित् वे यह अनुमान नहीं लगा सकते थे कि गृहयुद्ध का नुकसान अधिक होगा या विभाजन का। किंतु कम-से-कम आज के लोग तो देख सकते हैं कि उस समय जिन देशों में गृहयुद्ध आरंभ हुए, व युद्ध आज तक चल रहे हैं और जहाँ वे देश बरबादी के कगार पर पहुँच चुके हैं।

('एकला चलो' कविता के लिखने वाले महाकवि एवं विचारक रवींद्रनाथ टैगोर और उस विश्वप्रसिद्ध कविता के प्रेरणा स्रोत गांधी, एक साथ चित्र में)

किंतु उस समय सब गांधी का विरोध कर रहे थे। न हिंदू समर्थन उनके साथ था और न मुसलिम समर्थन। लड़ाई और हिंसा के इस वातावरण में

जब दोनों समाज अपने सिद्धांतों को त्याग चुके थे, गांधी अपने सिद्धांतों पर टिके रहे।

गांधी को जान का खतरा था। उन्हें बहुत सी धमकियाँ भी मिल रही थीं। जैसे एक बार जहाँ गांधी भूख हड़ताल पर बैठे थे तो बाहर एकत्र भीड़ में से कोई चिल्लाया—"हम गांधी को मार देंगे।"

किंतु गांधी ने इन धमकियों की परवाह न की।

गांधी के सिद्धांत की अंतिम परीक्षा—

जब भारत का विभाजन होकर पाकिस्तान बना, तब विभाजन के नियमों के अनुसार संपत्ति और सेना का भी बँटवारा हुआ। इसके अंतर्गत भारत की धनराशि का एक हिस्सा विभाजित हुई जनता के आधार पर पाकिस्तान को दिया जाना था। किंतु कश्मीर में चल रही लड़ाई के रहते भारत सरकार का मानना था कि यदि इस समय हमने पाकिस्तान के हिस्से का पैसा उनको दिया तो वे उस पैसे का प्रयोग हमारे विरुद्ध करेंगे। राजनीति के आधार पर यह निर्णय उचित था, किंतु सिद्धांत के आधार पर नहीं।

गांधी ने सरकार पर दबाव बनाया कि यदि हम भारत को एक सिद्धांतवादी देश मानते हैं और इसी आधार पर अपने देश को एक बेहतर देश समझते हैं तो सिद्धांत के आधार पर जो पाकिस्तान के हिस्से का पैसा है, वो हमें पाकिस्तान को दे देना चाहिए।

इसके बाद कुछ कट्टरपंथी गांधी के और भी विरुद्ध हो गए और उनमें से कुछ गांधी की हत्या करने की योजना बनाने लगे।

इस समय 78 वर्ष के गांधी दिल्ली के बिरला हाउस में रह रहे थे। दो दिन पहले ही उनके ऊपर एक बम फेंक कर हमला किया गया था, किंतु वे बच गए थे। गांधी रोज शाम 5 बजे प्रार्थना सभा करते थे।

30 जनवरी, 1948—गांधी अपने समय के इतने पाबंद थे कि एक मिनट भी लेट नहीं होते थे, किंतु उस दिन वे 17 मिनट देरी से प्रार्थना सभा के लिए बाहर निकले। बाहर खड़े नाथूराम गोडसे, जो गांधी की हत्या करने के इरादे से आए थे, इस देरी के कारण बेचैन हो रहे थे कि कहीं गांधी का

प्रार्थना सभा में आना रद्द न हो जाए।

जब 5 बज के 17 मिनट पर गांधी बाहर निकले तो नाथूराम गोडसे ने पहले उनके चरण स्पर्श किए और फिर अपनी पिस्तौल से 3 गोलियाँ गांधी के सीने में उतार दीं। महात्मा गांधी, जो अब लगभग अस्सी वर्ष के वृद्ध हो चुके थे, इतने बड़े हमले से बच नहीं सकते थे और उन्होंने वहीं दम तोड़ दिया।

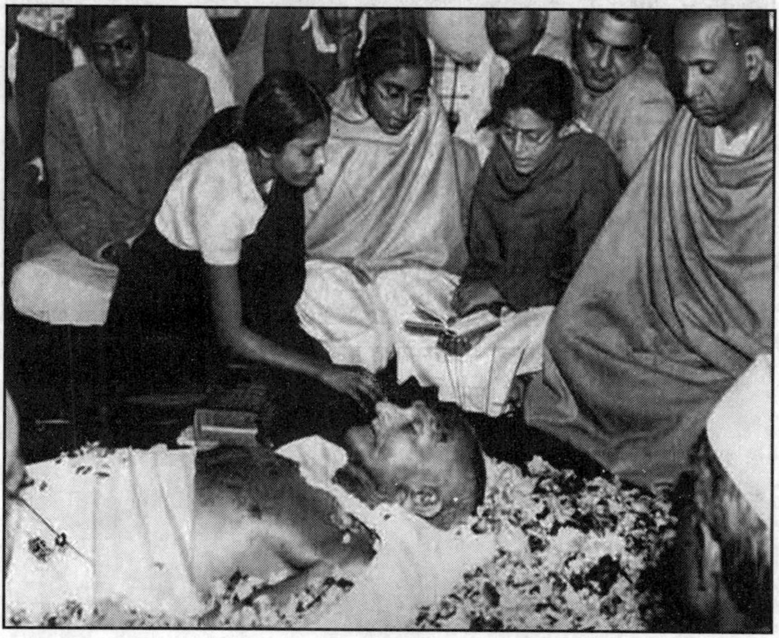

(मृत्यु पश्चात् गांधी की तसवीर)

यद्यपि यह कहा जाता है कि उन्होंने मरने से पहले 3 बार 'हे राम!' कहा था, किंतु इसका प्रत्यक्षदर्शियों द्वारा अनुमोदन नहीं किया गया है। गांधी की महानता को और उनके जीवन की सफलता को इस कथन की पुष्टि होने की आवश्यकता नहीं है।

"रघुपति राघव राजा राम, पतित पावन सीता राम,
ईश्वर, अल्लाह तेरो नाम, सबको सन्मति दे भगवान्।"

उनका प्रिय भजन, उनका नाम और उनका काम, भारत में ही नहीं, विश्व में अमर हो गया और वे अनंतकाल तक के लिए 'महात्मा' हो गए।

(गांधी की शवयात्रा में सम्मिलित होने दूर-दूर से पैदल चलकर पहुँचे अपार जनसमूह का एक चित्र)

□

2

शहीद-ए-आजम भगत सिंह की शहादत

भगत सिंह पर चले मुकदमे में, भगत सिंह ने अपनी पैरवी खुद की। (तारीखों को कागजी कार्रवाई के विस्तार में न जाकर मैं स्वयं को कहानी और परिप्रेक्ष्य के वर्णन पर ही केंद्रित रखूँगा। घटनाक्रम और कागजी कार्रवाई को कोई भी व्यक्ति सरलता से इंटरनेट पर पढ़ सकता है।)

जेल में रहते हुए भगत सिंह को एक साधारण अपराधी के रूप में रखा गया। किंतु भगत सिंह का कहना था कि उनकी लड़ाई राजनैतिक थी अत: उन्हें राजनैतिक कैदी के वर्ग में रखा जाए। वे कोई साधारण चोर, लुटेरे या कातिल नहीं थे।

अपनी माँगों के समर्थन में उन्होंने जेल में आमरण अनशन भी किया, जो कुल 116 दिन तक चला। जी हाँ, आपने सही सुना '116 दिन'। इस तथ्य को सुन मेरा सिर आदर और सम्मान से इस स्वतंत्रता सेनानी के आगे आज भी झुक जाता है।

इस दौरान जेल कर्मचारियों ने उन्हें जबरन खाना खिलाने का प्रयास भी किया, किंतु वे विफल रहे। उन 116 दिन में भगत सिंह मात्र पानी पीते थे अत: उनका उपवास तोड़ने के लिए जेल अधिकारियों ने उनके पानी के बरतन में दूध रखना शुरू कर दिया, जिससे प्यास से व्याकुल होकर उन्हें दूध पीना पड़े और उनका उपवास भंग हो जाए। जेल अधिकारियों का यह प्रयास भी विफल रहा।

भगत सिंह के किस्से कहानी समूचे भारतवर्ष में प्रसिद्ध हो गए। उनके समर्थन में प्रदर्शन होने लगे, धरने दिए जाने लगे। भगत सिंह की सेहत इतनी खराब हो चुकी थी कि उन्हें अदालत में स्ट्रेचर पर लिटा कर लाया जाता था।

(पाठक सोच सकते हैं कि 116 दिन का उपवास रखना कितना कठिन होगा और ऐसा करने से भगत सिंह की शारीरिक हालत कैसी हो गई होगी। मेरे और आप जैसे साधारण लोगों के लिए तो एक या दो दिन का उपवास रखना भी कठिन हो जाता है।)

भगत सिंह की ख्याति इतनी बढ़ चुकी थी कि अंग्रेज सरकार उपद्रव हो जाने के डर से उन्हें एक जेल से दूसरी जेल में स्थानांतरित करती रहती। उस समय के भारत के अंग्रेज वायसराय 'लार्ड इरविन' ने आपातकाल घोषित कर दिया और धारा-144 भी लगा दी, जिसके अंतर्गत लोगों का भीड़ में इकट्ठा होना प्रतिबंधित था।

भगत सिंह की फाँसी की सजा माफ करने की सब अपील अंग्रेज सरकार ने ठुकरा दी। गांधी इस सिलसिले में स्वयं लार्ड इरविन से मिले। गांधी ने स्वयं कभी इस प्रकरण के बारे नहीं लिखा, किंतु लार्ड इरविन ने लिखा कि "गांधी ने मुझसे जिक्र किया था, किंतु मैंने अपनी असमर्थता व्यक्त कर दी।"

(पाठक यह बात ध्यान में रखें कि अंग्रेज 'डिवाइड एंड रूल' की पॉलिसी पर राज करते थे। उन्होंने 'जिक्र' शब्द का प्रयोग अपने लेख में बहुत सोचकर किया था, जिससे लोगों को लगे कि गांधी ने मात्र चलते-चलते जिक्र किया, जोर देकर नहीं कहा।

अंग्रेजों ने इस बात का प्रचलन ऐसे किया जैसे गांधी भगत सिंह को बचाना नहीं चाहते थे। इससे जनसाधारण में गांधी का समर्थन कम हो जाएगा और भगत सिंह और उनके समर्थक फाँसी के बाद रास्ते से हट ही जाएँगे और अंग्रेजों के विरोध के दोनों पक्ष नष्ट हो जाएँगे।

यदि अंग्रेज वायसराय को भगत सिंह को माफ करना था, उनको माफ करने की सब कानूनी और औपचारिक अपील को ठुकराया क्यों गया, जब पूरे देश में विरोध प्रदर्शन और अपील हो रही थी। अंग्रेजों ने चालाकी से अपने

दोनों शत्रुओं को मारने के इरादे से इसका ठीकरा गांधी के सिर फोड़ने की कोशिश की और इसमें वे काफी हद तक सफल भी रहे। गांधी के विरुद्ध बहुत से प्रदर्शन हुए और काले झंडे लहराए गए। जब कि ध्यान में रखनेवाली बात है कि भगत सिंह ने गांधी के विरुद्ध एक शब्द नहीं कहा और गांधी ने भगत सिंह की देशभक्ति, वीरता और शहादत की प्रशंसा में लेख भी लिखे। हाँ, गांधी ने लिखा कि बाकी युवा ऐसा न करें; क्योंकि वे नहीं चाहते थे कि भारत की गरीब जनता ऐसे मारी जाए।)

भगत सिंह स्वयं को नास्तिक कहते थे और इसे मैं एक बड़ी बात समझता हूँ। इसलिए नहीं कि मैं किसी के नास्तिक अथवा आस्तिक होने के पक्ष में हूँ। नास्तिक अथवा आस्तिक होना किसी का व्यक्तिगत विकल्प है और उसे यह विकल्प चुनने का अधिकार है। भगत सिंह के बारे में मैं इसे विशेष महत्त्व इसलिए देता हूँ, क्योंकि आस्तिक व्यक्ति जब अपनी जान देता है तो फिर भी किंचित् उसे आगे स्वर्ग की अथवा पुनर्जन्म की इच्छा होती है, ईश्वर से कुछ ईनाम पाने की इच्छा होती है, किंतु जब एक नास्तिक व्यक्ति अपनी जान देता है तो उसे तो पता है कि आगे कुछ नहीं है, फिर भी वह अपने प्राण त्याग देता है। अतः एक नास्तिक अधिक निस्स्वार्थ भाव से त्याग करता है। और यदि इस संसार में ईश्वर है तो मेरा मानना यह है कि वह ईश्वर भगत सिंह के इस निस्स्वार्थ त्याग को अधिक महत्त्व देगा।

भगत सिंह के साथी उनसे कहते थे कि "बेशक तुम ईश्वर को न मानो, किंतु जब तुम्हारी मृत्यु तुम्हारे सामने खड़ी होगी, तब तुम भय से ईश्वर को याद करोगे।"

इस पर भगत सिंह का उत्तर होता था—

"मैं कोई इतना कमजोर इनसान नहीं हूँ कि मौत को देखकर ईश्वर को याद करूँ और यदि मैंने मृत्यु के समय अथवा कठोर समय में ही मात्र ईश्वर को याद किया तो इससे मेरा स्वार्थी होना ही सिद्ध होगा और जो मैं नहीं हूँ। मेरे लिए यह अपमान की बात होगी।"

और भगत सिंह ने इसे सिद्ध भी किया। जब उन्हें फाँसी की सजा सुनाई

गई, उसके बाद से फाँसी लगने तक उन्होंने किसी भय, किसी पश्चात्ताप अथवा माफी या दया की गुहार नहीं लगाई।

फाँसी लगने से कुछ पहले एक दिन उनकी माँ उनसे मिलने आईं। माँ उनके पास बैठकर रो रही थीं। तब भगत सिंह ने उनसे पंजाबी में मजाक करते हुए कहा—

"तू तो ऐसे रो रही है जैसे मुझे फाँसी लगा रहे हों।"

(जैसे हम मजाक में कह देते हैं—"कौन सा फाँसी हो जाएगी?") जब कि यहाँ ये मजाक नहीं था। उन्हें सच में फाँसी होनेवाली थी और इस बात पर वे मजाक कर रहे थे।

(भगत सिंह की मृत्यु से पहले की जेल में खींची गई वास्तविक तसवीर)

जब भगत सिंह की माँ विद्यावती देवी ने अपने बेटे से सवाल किया कि "बेटा इतनी छोटी उम्र में तू मुझे छोड़कर चला जाएगा?" तब उन्होंने कहा—

"मैं देश के लिए एक ऐसा दीया जलाकर जा रहा हूँ, जिसमें न तो तेल है और न ही घी, उस दीये में मेरा रक्त और विचार मिले हुए हैं। अंग्रेज मुझे मार सकते हैं, पर मेरी सोच और विचारों को नहीं। जब भी अन्याय और भ्रष्टाचार के खिलाफ जो भी शख्स तुम्हें लड़ता हुआ नजर आए, समझ लेना वह तुम्हारा भगत सिंह ही है..."

अर्थात् आनेवाले समय में उनकी शहादत युवाओं को अन्याय और अत्याचार के विरुद्ध लड़ने के लिए प्रेरित करती रहेगी।

भगत सिंह मुसकराते हुए फाँसी पर चढ़े, यह कोई अतिश्योक्ति अथवा मुहावरा नहीं है। भगत सिंह वास्तव में हँसते हुए फाँसी पर चढ़े।

(भगत सिंह को जहाँ फाँसी दी गई थी, उस स्थान की वास्तविक तसवीर)

भगत सिंह को फाँसी लगने पर लोगों में विद्रोह हो जाने का डर था अत: अंग्रेज सरकार ने उनको फाँसी के लिए पहले से तय की गई तारीख 24 मार्च, सन् 1931 के बजाय 23 मार्च, 1931 की शाम को चुपके से फाँसी दे दी।

जेल अधिकारियों ने जेल के पीछे की दीवार तोड़कर उनके मृत शरीर

को बाहर निकाला (आगे के द्वार से निकालने से लोगों को पता चल जाने का डर था) और वहाँ उनका दाह संस्कार कर उनकी अस्थियों को सतलुज नदी में बहा दिया, ताकि उनका कोई निशाँ बचा न रहे।

"शहीदों की चिताओं पर लगेंगे हर बरस मेले, वतन पर मिटने वालों का यही बाकी निशाँ होगा"—**जगदंबा प्रसाद मिश्र 'हितैषी'**

शहीद-ए-आजम भगत सिंह का नाम भारतवासियों के लिए अमर हो गया। वे आनेवाली कई सदियों तक भारत देश के युवाओं के लिए प्रेरणा स्रोत बने रहेंगे।

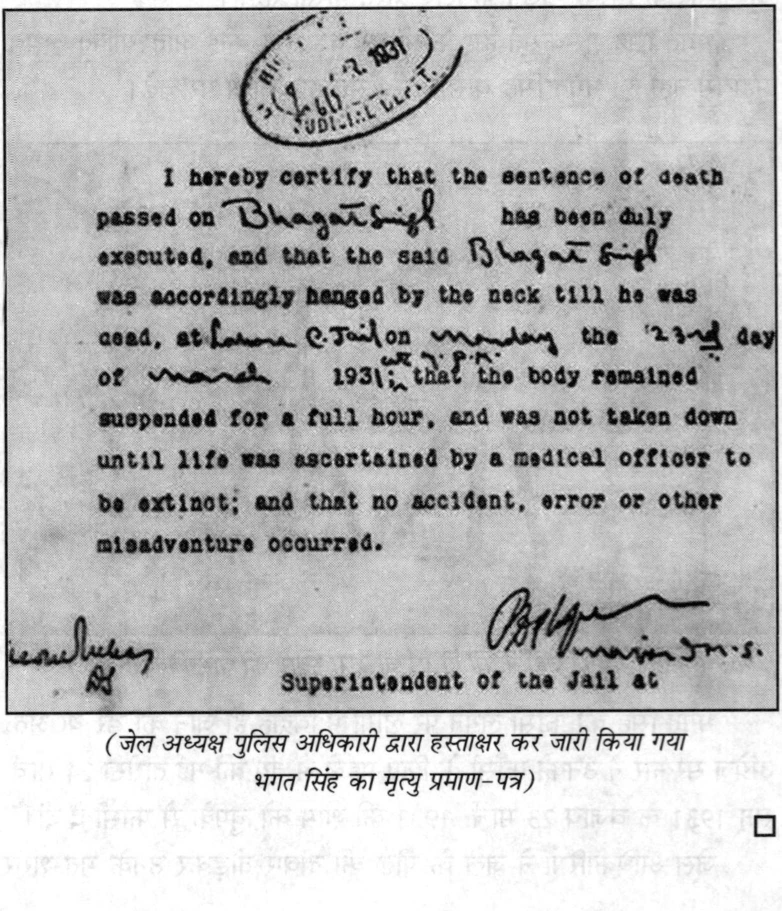

I hereby certify that the sentence of death passed on Bhagat Singh has been duly executed, and that the said Bhagat Singh was accordingly hanged by the neck till he was dead, at Lahore C. Jail on Monday the 23rd day of March 1931 at 7 p.m.; that the body remained suspended for a full hour, and was not taken down until life was ascertained by a medical officer to be extinct; and that no accident, error or other misadventure occurred.

Major I.M.S.

Superintendent of the Jail at

(जेल अध्यक्ष पुलिस अधिकारी द्वारा हस्ताक्षर कर जारी किया गया भगत सिंह का मृत्यु प्रमाण-पत्र)

□

3

गांधी-भगत—एक संत, एक सैनिक

मैंने अपने जीवन में अपने अध्ययन के वर्ष पूर्ण कर सेना में सेवा करने का विकल्प चुना और 4 वर्ष का कठोर प्रशिक्षण भी पूरा किया, जिसमें मैंने एक कमांडो रेजीमेंट में अपनी सेवाएँ देने का विकल्प चुना। इसके बाद एक सैन्य प्रशिक्षण करते समय मुझे गंभीर चोट लग गई और मेरा शरीर लकवाग्रस्त हो गया। मैं सेना में सक्रिय योगदान देने योग्य न रहा। तब मैंने देश एवं देशवासियों की सेवा करने हेतु समाजसेवा का मार्ग चुना।

मुझसे कदाचित् मित्र पूछ लेते हैं कि—

"आप गांधी के मानने वाले हैं और भगत सिंह के भी। ऐसा कैसे संभव है?"

इस पर मैं उनसे कहता हूँ कि—

"मुझे दोनों में कोई अंतर नहीं दिखाई देता। दोनों देशसेवा और जनसेवा की प्रतिमूर्ति हैं और दोनों ने अपने सिद्धांतों का अनुयायन करते हुए संपूर्ण त्याग एवं समर्पण का उदाहरण स्थापित किया है। मेरे लिए दोनों समान सम्मान एवं आदर के अधिकारी हैं।"

मुझे सदैव यह पीड़ा रही है कि मेरे देश के लोग इन दो शहीदों के बीच मतभेद क्यों करते हैं। देशवासियों को अपने संत और सैनिक दोनों का सम्मान करना चाहिए और फिर गांधी और भगत दोनों संत भी थे और सैनिक भी।

अपने बहुत सीमित ज्ञान और बोध के आधार पर मैं यहाँ उस मतभेद को दूर करने का प्रयास कर रहा हूँ। शायद भारत माँ के इन दो सपूतों के लिए यह

मुझ जैसे तुच्छ व्यक्ति की एक छोटी सी श्रद्धांजलि होगी।

1. सबसे पहले, मैं अपने देशवासियों से निवेदन करूँगा कि वे अपने देश के इतने बड़े नायकों में छोटी-छोटी गलती निकाल कर उनकी आलोचना न करें। जितना बलिदान और त्याग इन स्वतंत्रता संग्राम के नायकों ने किया, उसका सम्मान करें और स्वयं से यह प्रश्न करें कि हमने स्वयं अपने देश के लिए ऐसा क्या महान् काम कर दिया है कि जो हमें लगता है कि हमें इन दोनों नायकों में से किसी एक की आलोचना करने का अधिकार मिल गया है। यदि मैं यह मान भी लूँ कि मनुष्य होने के नाते इन दोनों में कुछ त्रुटियाँ भी रही होंगी तो क्या मैं मुझ में स्वयं में जो हजारों त्रुटियाँ हैं, उनसे अनभिज्ञ हूँ? इन दो महानायकों में त्रुटि खोजना मेरी मूर्खता ही होगी।

2. गांधी का नाम विश्वविख्यात है। मैं समूचे विश्व में घूमा हूँ। दुनिया के हर देश में भारत देश को गांधी के नाम से सम्मान मिलता है। संसार के हर बड़े विचारक ने गांधी की प्रशंसा की है और उनका नाम सम्मान से लिया है। विश्व के अनेक बड़े लीडरों ने गांधी को अपना आदर्श माना है, जैसे—दक्षिण अफ्रीका के नेल्सन मंडेला, अमरीका के मार्टिन लूथर किंग और पकिस्तान के खान अब्दुल गफ्फार खान इत्यादि।

जिस एक व्यक्ति के नाम से भारत को विश्व में एक शांतिप्रिय और सिद्धांतवादी देश होने का सम्मान मिला है, क्या उस व्यक्ति का हमें सम्मान नहीं करना चाहिए और क्या हमें उस व्यक्ति के प्रति आभार और कृतज्ञता को व्यक्त नहीं करना चाहिए?

क्या हम इतने अहंकारी हैं कि स्वयं देश के लिए अंशमात्र योगदान दिए बिना ही इस महान् व्यक्तित्व का अपमान करें? गांधी ने कोई प्रचार कंपनी को पैसे देकर अपना प्रचार नहीं करवाया था, जैसे आजकल के बहुत से राजनैतिक नेता करते हैं, अपितु अपने काम और सिद्धांतों पर टिके रहने से ही उनका नाम विश्वविख्यात हुआ।

3. जहाँ गांधी ने मात्र 39 वर्ष की आयु में सांसारिक भोग-विलास से संन्यास लेकर देश की सेवा 78 वर्ष की आयु तक की और अपने हाथ का बना

एक कपड़ा पहन एकदम सुविधाओं से वंचित जीवन जिया, वहीं भगत सिंह ने मात्र 23 वर्ष की आयु में त्याग और बलिदान का ऐसा उदहारण रखा, जो आनेवाले हजारों वर्षों तक भारत की युवा पीढ़ी को प्रेरित करता रहेगा। आज भी देश के हर युवा में भगत सिंह के नाम से उत्साह और प्रेरणा का संचार होता है। ये दोनों नायक चाहते तो सुख और भोग–विलास का जीवन जी सकते थे, किंतु उन्होंने देश के लिए अपने जीवन की आहुति देने का निर्णय लिया और हम सुख–समृद्धि के साथ रहकर भी उनके त्याग का सम्मान न करें?

4. गांधी और भगत ने न तो अपने लिए और न ही अपने परिवार अथवा अपनी आनेवाली पीढ़ियों के लिए एक पैसा जोड़ा और न एक पैसे की विरासत छोड़ी। राजनैतिक एवं व्यवसायी लोग विरासत और सत्ता के भूखे होते हैं, वे अपने और अपने परिवार के लिए सत्ता, शक्ति और संपत्ति एकत्र करते हैं। हम में से भी अधिकतर लोग ऐसा करते हैं, किंतु गांधी और भगत ने ऐसा नहीं किया और पूर्ण त्याग का रास्ता अपनाया। यदि उन्होंने अपने पीछे कुछ छोड़ा तो वह था—कर्तव्य परायणता और त्याग का एक आदर्श उदाहरण। मैं मानता हूँ कि यदि उनके त्याग का मात्र दो प्रतिशत भी मैं अपने जीवन में अपने देश के लिए कर सका तो यह मेरा सौभाग्य होगा।

5. गांधी की मृत्यु इसलिए हुई, क्योंकि उन्होंने अपने सिद्धांतों का मार्ग नहीं त्यागा। उन्हें बहुत सी चेतावनियाँ दी गई थीं। अपने निष्पक्षता एवं शांति के सिद्धांतों पर टिके रहने के कारण बहुत से कट्टरवादी लोग उनसे नफरत भी करने लगे थे। यदि वे अपने सिद्धांतों को त्याग देते तो उन्हें गोली नहीं मारी जाती। किंतु उन्होंने ऐसा नहीं किया। वहीं भगत सिंह ने भी अपने सिद्धांतों को नहीं त्यागा। उन्होंने कभी पश्चात्ताप नहीं दिखाया, कभी दया की भीख नहीं माँगी। यदि वे पश्चात्ताप दिखाते और दया की भीख माँगते तो किंचित् अंग्रेज उन्हें क्षमा कर देते और उन्हें फाँसी नहीं होती। किंतु भगत भारत माँ के वीर सपूत थे, वे अपने देशवासियों के समक्ष आदर्शवाद एवं त्याग का एक उदाहरण स्थापित करना चाहते थे और ऐसा करने के लिए उन्होंने हँसते–हँसते मृत्यु को स्वीकारा और वे शहीद–ए–आजम कहलाए। गांधी और भगत सिंह की मृत्यु कोई शराब पीकर

गाड़ी चलाने से नहीं हुई थी कि जो हम उनकी आलोचना करें। उनकी मृत्यु देश की सेवा और अपने सिद्धांतों का पालन करते हुए हुई थी।

6. सोशल मीडिया पर प्रचारित किए जा रहे कुतर्क कि कहीं भगत सिंह की मृत्यु के लिए गांधी जिम्मेदार हैं, पर मेरा जवाब यह है कि ऐसा कहकर आप गांधी का ही नहीं, अपितु भगत सिंह का भी अपमान कर रहे हैं। शहादत भगत सिंह का विकल्प था, उनका पारितोषिक था, उसका श्रेय भगत सिंह से छीन कर गांधी को न दें।

महाभारत में कौरवों का चक्रव्यूह भेदने वाले अभिमन्यु की तरह भगत सिंह की शहादत अनंतकाल तक भगत सिंह की पहचान रहेगी। इस पहचान को भगत सिंह से छीनने का प्रयास न करें। किंचित् आप में और मुझ में मृत्यु का भय एवं पश्चात्ताप होगा, किंतु भगत सिंह वीर थे, उनमें यह भय और पश्चात्ताप नहीं था। हमें अपने भय और पश्चात्ताप को उन पर थोपने का प्रयास कर उनका अपमान नहीं करना चाहिए।

भगत सिंह ने कभी अपनी जान बचाने की भीख नहीं माँगी थी, जो आप अब उन्हें वो भीख देने का प्रयास कर, उनका अपमान करें। भगत सिंह ने कभी भी अपनी मृत्यु के लिए किसी और को दोषी नहीं ठहराया था और इसीलिए मेरा सिर आदर से उनके सामने झुक जाता है।

7. गांधी और भगत बहुत पढ़े-लिखे ज्ञानी व्यक्ति थे। गांधी के द्वारा लिखित पुस्तक 'सत्य के प्रयोग' विश्वविख्यात है। वहीं भगत सिंह द्वारा लिखे लेख भी जगप्रसिद्ध हैं। भगत सिंह 4 भाषाओं में महारत रखते थे, जिनमें अंग्रेजी, पंजाबी, उर्दू और हिंदी भाषाएँ हैं।

मैंने देखा है कि साधारणतः गांधी अथवा भगत पर कुतर्क वे लोग करते हैं, जिन्होंने उन पर लिखी गई पुस्तकों में से कोई एक पुस्तक भी नहीं पढ़ी होती, कोई लेख अथवा पत्र नहीं पढ़ा होता और कोई शोध नहीं किया होता। मेरा युवाओं से विनम्र निवेदन रहेगा कि वे अधिक-से-अधिक पुस्तकें पढ़ें और शोध करें और यदि न भी पढ़ी हों तो कम-से-कम ऐसे में व्यर्थ में हमारे देश के इतने बड़े नायकों की आलोचना कर वातावरण को राग-द्वेष से दूषित न करें। वे यह सोचें

कि गांधी और भगत तो अपना काम करके चले गए, अब वे स्वयं देखें कि वे देश के लिए क्या योगदान दे सकते हैं।

8. भारत, पाकिस्तान और चीन को मैं इस संसार में प्रचलित तीन मुख्य राजनैतिक सिद्धांतों का तिकोन मानता हूँ। भारत देश गांधी और भगत सिंह जैसे नायकों के सिद्धांतों पर बना देश है, जिसका मानना है कि भिन्न धर्मों के लोग आपस में मिलकर रह सकते हैं और इस सिद्धांत की रक्षा करने के लिए हमारी युवा पीढ़ी को भगत सिंह प्रेरित करते हैं कि जिनके साथियों में हिंदू, मुसलमान और सिख समेत सभी धर्मों के मानने वाले साथी थे।

पाकिस्तान इस सिद्धांत पर बना देश है कि जो मानता है कि मात्र दो धर्म के लोग भी साथ में नहीं रह सकते और हम देख सकते हैं कि पाकिस्तान इस सिद्धांत के कारण किस हालत में पहुँच गया है और इसी सिद्धांत के कारण उनका एक विभाजन और हो चुका है और पूरा पाकिस्तान देश आतंकवाद और हिंसा से जूझ रहा है।

वहीं चीन इस सिद्धांत पर बना देश है कि किसी भी धर्म को नहीं माना जाना चाहिए। वहाँ पर प्रत्येक धर्म के लोगों की प्रताड़ना होती है। किसी को अपने धार्मिक विकल्प चुनने अथवा उनका अनुयायन करने का अधिकार नहीं है।

अब भारत के युवा यह समझ सकते हैं कि हम कितने सौभाग्यशाली हैं कि हम भारत जैसे महान् सिद्धांतों वाले देश के वासी हैं और यह विरासत हमें गांधी और भगत जैसे नायकों से मिली है। हमारा देश तब तक एक महान् देश रहेगा, जब तक हम इन सिद्धांतों का पालन करते रहेंगे और अपने भिन्न–भिन्न विचारों वाले लोगों का समान सम्मान भी करेंगे।

गांधी हमारे संत थे और भगत सिंह हमारे सैनिक। हमारे लिए आवश्यक है कि हम दोनों का सम्मान करें।

गांधी और भगत अपना काम करके चले गए। अब युवा पीढ़ी को उनके जीवन और त्याग से प्रेरणा लेकर यह निर्णय लेना है कि हम भारत को एक और अधिक समृद्ध और प्रगतिशील देश कैसे बना सकते हैं।

जय हिंद, जय भारत!

□

4

युवाओं में पटेल नेहरू विवाद

पुस्तक के अंत में मैं आज के युवाओं में प्रचलित किए जा रहे इस विवाद को भी संबोधित करना चाहूँगा।

आजकल के युवाओं में यह विचार प्रचलित किया जा रहा है कि कहीं नेहरू एक प्रधानमंत्री के रूप में योग्य नहीं थे और पटेल एक आदर्श प्रधानमंत्री होते। उनमें यह बात प्रचलित की जाती है कि नेहरू के सब निर्णय गलत थे।

सर्वप्रथम हम यह बात समझ लें कि गांधी और भगत पर व्यक्त किए गए मेरे विचारों में राजनीति का पक्ष न के बराबर था। गांधी और भगत ने स्वतंत्र भारत में कोई राजनैतिक पद ग्रहण नहीं किया था। किंतु सरदार वल्लभभाई पटेल और जवाहरलाल नेहरू हमारे देश की स्वतंत्रता के बाद के दो प्रमुख राजनेता थे। एक हमारे देश के प्रधानमंत्री थे और एक गृहमंत्री। व्यक्तिगत रूप में मैं दोनों का सम्मान करता हूँ, किंतु राजनेता होने के कारण उनके निर्णयों से मुझे और आप सबको मतभेद रखने का अधिकार है।

सरदार वल्लभभाई पटेल और जवाहरलाल नेहरू के बीच आज के युवाओं में विवाद को मैं यहाँ क्रम से संबोधित कर रहा हूँ—

1. क्या सरदार वल्लभभाई पटेल जवाहरलाल नेहरू से बेहतर प्रधानमंत्री होते?

पहली बात तो यह है कि हमारे लिए निश्चित रूप से यह तय कर पाना

संभव नहीं है, क्योंकि सरदार वल्लभभाई पटेल कभी प्रधानमंत्री नहीं बने। यदि सरदार वल्लभभाई पटेल कुछ समय प्रधानमंत्री रहे होते तो हम दोनों की तुलना कर सकते थे। ऐसे में यह कहना कि कौन बेहतर होता मात्र हमारा अनुमान हो सकता है, किंतु सत्य नहीं। हाँ, एक अनुमान के रूप में तर्क के आधार पर उसे व्यक्त करने में कोई बुराई नहीं है। यह मेरा और आप सबका अधिकार है।

2. क्या नेहरू ने चालाकी से प्रधानमंत्री के पद को पटेल से छीन लिया?

जैसा कि आज भी राजनीति में होता है कि हर कोई प्रधानमंत्री बनने का प्रयास करता है और उसके लिए अपनी सारी राजनैतिक सूझ-बूझ लगा देता है, वैसे ही उस समय के राजनेताओं में भी विभिन्न मंत्री पदों को लेकर होड़ रही होगी और इसमें कुछ गलत नहीं है। यदि जवाहरलाल नेहरू ने प्रधानमंत्री बनने के अपने प्रयास में किसी नियम अथवा कानून का उल्लंघन अथवा दुरुपयोग नहीं किया तो हम उनको सफलतापूर्वक प्रधानमंत्री पद पा लेने के लिए दोषी नहीं ठहरा सकते। वे देश के निर्वाचित अर्थात् उस समय की जनता द्वारा चुने गए प्रधानमंत्री थे और हमें इस बात का सम्मान करना चाहिए। हाँ, तर्क के आधार पर उनके किसी भी निर्णय विशेष की सभ्य शब्दों में आलोचना करने का अधिकार सबको है।

3. क्या जवाहरलाल नेहरू के सब निर्णय गलत थे?

यदि ऐसा होता तो हमारी हालत आज पाकिस्तान जैसी होती। जवाहरलाल नेहरू ने हमारे देश में उच्च शिक्षा को प्राथमिकता दी। आनेवाले समय में उनके इस निर्णय के फलस्वरूप भारत में पढ़े हुए शिक्षाविद्, वैज्ञानिक, लेखक, बुद्धिजीवी भारत में ही नहीं पूरे विश्व में फैल गए। भारतीय वैज्ञानिक, डॉक्टर और इंजीनियर विश्व के हर कोने में पाए जाते हैं और वे विश्व में भारत को गौरवान्वित कर रहे हैं।

जवाहरलाल नेहरू ने कारखानों, विज्ञान केंद्रों, शिक्षा संस्थाओं और बाँध को आधुनिक भारत के मंदिर कहा और इनकी स्थापना को प्राथमिकता दी।

यद्यपि उनके शिक्षा, विज्ञान और विकास को सेना के ऊपर प्राथमिकता देने से सन् 1962 में चीन से हुई मुठभेड़ (यह मात्र एक मुठभेड़ थी, कोई पूर्ण युद्ध नहीं था। भारत के मात्र दस हजार पैदल सैनिकों ने इसमें हिस्सा लिया था) में हुए भारत के नुकसान के लिए नेहरू की आलोचना की जा सकती है, किंतु जैसे क्रिकेट मैच हारने के बाद किसी के लिए भी यह कहना बहुत आसान हो जाता है कि यदि कप्तान इस गेंदबाज के बजाय, उस गेंदबाज को खिलाता तो हम जीत जाते, वैसे ही हमारे लिए आज उन निर्णयों की आलोचना करना आसान है, यद्यपि मैं मानता हूँ कि सभ्य शब्दों में आलोचना एवं विवेचना करने का अधिकार हम सबको है।

4. क्या सरदार वल्लभभाई पटेल का योगदान जवाहरलाल नेहरू से अधिक था और क्या उनको उनका उचित श्रेय नहीं मिला?

निस्संदेह ही सरदार वल्लभभाई पटेल का योगदान बहुत बड़ा है और उनके भारत देश को एकता के सूत्र में बाँधने के योगदान से हम सब अवगत हैं। यद्यपि सरदार वल्लभभाई पटेल और जवाहरलाल नेहरू के काम के बीच एक सभ्य तुलना करने का अधिकार सबको है, किंतु इस तुलना के आधार पर भेद करना या किसी एक को कम समझना उचित नहीं है। सरदार वल्लभभाई पटेल और जवाहरलाल नेहरू ने कंधे-से-कंधा मिलाकर भारत देश की सेवा की और हमें इस बात का सम्मान करना चाहिए। यदि हम दोनों में से किसी एक को अधिक श्रेय देते हैं तो इसमें कोई आपत्ति नहीं।

अंत में मैं यही कहूँगा कि सरदार वल्लभभाई पटेल और जवाहरलाल नेहरू—दोनों हमारे देश के बड़े राजनेता थे और सभ्य मर्यादाओं में रहते हुए उनकी विवेचना अथवा उनके किसी निर्णय की आलोचना करने का अधिकार सबको है।

सभी पाठकों को मेरा आभार एवं धन्यवाद। आओ, हम सब मिलकर अपने देश को एक बेहतर देश बनाएँ।

□□□